Ewers DIE SPINNE

Hanns Heinz Ewers

Die Spinne

Herbig

Umschlaggestaltung: Renate Weber-Rapp
Printed in Germany
ISBN 3-7766-0672-X

Inhalt

Die Spinne

Als der Student der Medizin Richard Bracquemont sich entschloß, das Zimmer Nr. 7 des kleinen Hotel Stevens, Rue Alfred Stevens 6, zu beziehen, hatten sich in diesem Raume an drei aufeinanderfolgenden Freitagen drei Personen am Fensterkreuz erhängt.

Der erste war ein Schweizer Handlungsreisender. Man fand seine Leiche erst Samstagabend; der Arzt stellte fest, daß der Tod zwischen fünf und sechs Uhr freitagnachmittags eingetreten sein müsse. Die Leiche hing an einem starken Haken, der in das Fensterkreuz eingeschlagen war und zum Aufhängen von Kleidungsstücken diente. Das Fenster war geschlossen, der Tote hatte als Strick die Gardinenschnur benutzt. Da das Fenster sehr niedrig war, lagen die Beine fast bis zu den Knien auf dem Boden; der Selbstmörder mußte also eine starke Energie in der Ausführung seiner Absicht betätigt haben. Es wurde weiter festgestellt, daß er verheiratet und Vater von vier Kindern war, sich in durchaus gesicherter und auskömmlicher Lebensstellung befand und von heiterem, fast stets vergnügtem Charakter war. Irgend etwas Schriftliches, das auf den Selbstmord Bezug hatte, fand man nicht vor, ebensowenig ein Testament; auch hatte er keinem seiner Bekannten gegenüber jemals eine dahingehende Äußerung getan.

Nicht viel anders lag der zweite Fall. Der Artist Karl Krause, als Fahrradverwandlungskünstler in dem ganz nahe gelegenen Cirque Médrano engagiert, bezog das Zimmer Nr. 7 zwei Tage später. Als er am nächsten Freitag nicht zur Vorstellung erschien, schickte der Direktor den Theaterdiener in das Hotel; dieser fand den Künstler in dem nicht verschlossenen Zimmer am Fensterkreuz erhängt vor, und zwar unter den durchaus gleichen Umständen. Dieser Selbstmord schien nicht weniger rätselhaft; der beliebte Artist bezog recht hohe Gagen und pflegte, ein fünfundzwanzigjähriger junger Mann, sein Leben in vollen Zügen zu genießen. Auch hier nichts Schriftliches, keinerlei verfängliche Äußerungen. Die einzige Hinterbliebene war eine alte Mutter, der ihr

Sohn pünktlich an jedem Ersten 200 Mark für ihren Lebensunterhalt zu schicken pflegte.
Für Frau Dubonnet, die Besitzerin des billigen kleinen Hotels, dessen Kundschaft sich fast nur aus den Mitgliedern der nahegelegenen Montmartrevarietés zusammenzusetzen pflegte, war dieser zweite seltsame Todesfall in demselben Zimmer von sehr unangenehmen Folgen. Schon waren einige ihrer Gäste ausgezogen, andere regelmäßige Klienten nicht wiedergekommen. Sie wandte sich an den ihr persönlich befreundeten Kommissar des IX. Bezirkes, der ihr zusagte, alles für sie zu tun, was in seinen Kräften liege. So betrieb er denn nicht nur die Nachforschungen nach irgend welchen Gründen für die Selbstmorde der beiden Hotelgäste mit besonderem Eifer, er stellte ihr auch einen Beamten zur Verfügung, der das geheimnisvolle Zimmer bezog.
Es war dies der Schutzmann Charles-Maria Chaumié, der sich freiwillig hierzu erboten hatte. Ein alter »Marsouin«, Marineinfanterist mit elfjähriger Dienstzeit, hatte dieser Sergeant in Tonkin und Annam so manche Nacht einsam auf Posten gelegen, so manchen unangemeldeten Besuch katzenschleichender gelber

Flußpiraten mit einem erfrischenden Schuß aus der Lebelbüchse begrüßt, daß er wohl geeignet erschien, den »Gespenstern«, von denen sich die Rue Alfred Stevens erzählte, zu begegnen. Er bezog also bereits am Sonntagabend das Zimmer und legte sich befriedigt schlafen, nachdem er den Speisen und Getränken der würdigen Frau Dubonnet reichlich zugesprochen hatte.

Jeden Morgen und Abend machte Chaumié dem Polizeirevier einen kurzen Besuch, um Bericht zu erstatten. Diese beschränkten sich in den ersten Tagen darauf, daß er erklärte, auch nicht das allergeringste bemerkt zu haben. Dagegen sagte er am Mittwochabend, er glaube eine Spur gefunden zu haben. Gedrängt, mehr zu sagen, bat er, einstweilen schweigen zu dürfen; er habe keine Ahnung, ob das, was er glaube entdeckt zu haben, wirklich mit dem Tode der beiden Leute in irgend einem Zusammenhang stehe. Und er fürchte sehr, sich zu blamieren und dann ausgelacht zu werden. Am Donnerstag war sein Auftreten ein wenig unsicherer, auch ernster; doch hatte er wieder nichts zu berichten. Am Freitagmorgen war er ziemlich aufgeregt; er meinte, halb lachend, halb ernst, daß dieses Fenster jedenfalls eine seltsame Anziehungskraft habe. Jedoch blieb er dabei, daß das mit dem Selbstmord in gar keiner Beziehung stehe und daß man ihn nur auslachen würde, wenn er mehr sage. An dem Abend dieses Tages kam er nicht mehr ins Polizeirevier: man fand ihn an dem Haken des Fensterkreuzes aufgehängt.

Auch hier waren die Indizien bis auf die kleinste Einzelheit dieselben wie in den anderen Fällen: die Beine baumelten auf den Fußboden, als Strick war die Gardinenschnur benutzt. Das Fenster war zu, die Türe nicht verschlossen; der Tod war in der sechsten Nachmittagsstunde eingetreten. Der Mund des Toten war weit offen und die Zunge hing heraus.

Dieser dritte Tod im Zimmer Nr. 7 hatte zur Folge, daß noch am selben Tage sämtliche Gäste aus dem Hotel Stevens auszogen, mit Ausnahme eines deutschen Gymnasialprofessors auf Nr. 16, der aber die Gelegenheit benutzte, den Mietpreis um ein Drittel zu kürzen. Es war ein geringer Trost für Frau Dubonnet, als am anderen Tage Mary Garden, der Star der Opéra-Comique, in ihrem Rénault vorfuhr und ihr die rote Gardinenschnur um zwei-

hundert Franken abhandelte. Einmal weil das Glück brachte und dann — weil es in die Zeitungen kam.
Wenn diese Geschichte im Sommer passiert wäre, so im Juli oder August, so würde Frau Dubonnet wohl das Dreifache für ihre Schnur erzielt haben; die Blätter hätten dann gewiß wochenlang ihre Spalten mit diesem Stoff gefüllt. So aber, mitten in der Saison, Wahlen, Marokko, Persien, Bankkrach in New York, nicht weniger wie drei politische Affären — wirklich man wußte kaum, wo man den Platz hernehmen sollte. Die Folge war, daß die Affäre der Rue Alfred Stevens eigentlich weniger besprochen wurde als sie es wohl verdiente und weiter, daß die Berichte, knapp und kurz, meist sachlich den Polizeibericht wiedergaben und sich von Übertreibungen ziemlich freihielten.
Diese Berichte waren das einzige, was der Student der Medizin Richard Bracquemont von der Angelegenheit wußte. Eine weitere kleine Tatsache kannte er nicht; sie schien so unwesentlich, daß weder der Kommissar noch irgend ein anderer der Augenzeugen sie den Reportern gegenüber erwähnt hatten. Erst

später, nach dem Abenteuer des Mediziners, erinnerte man sich wieder daran. Als nämlich die Polizisten die Leiche des Sergeanten Charles-Maria Chaumié von dem Fensterkreuze abnahmen, kroch aus dem offenen Munde des Toten eine große schwarze Spinne heraus. Der Hausknecht knipste sie mit dem Finger fort, dabei rief er: »Pfui Teufel, wieder so ein Biest!« — Im Verlaufe der weiteren Untersuchung — der, die auf Bracquemont Bezug hatte — sagte er dann aus, daß er, als man die Leiche des Schweizer Handlungsreisenden abgenommen habe, auf seiner Schulter eine ganz ähnliche Spinne habe laufen sehen. — — Aber hiervon wußte Richard Bracquemont nichts.

Er bezog das Zimmer erst zwei Wochen nach dem letzten Selbstmorde, an einem Sonntage. Was er dort erlebte, hat er täglich gewissenhaft in einem Tagebuche vermerkt.

Das Tagebuch des Richard Bracquemont, Student der Medizin.

Montag, 28. Februar.

Ich bin gestern abend hier eingezogen. Ich habe meine zwei Körbe ausgepackt und mich ein wenig eingerichtet, dann bin ich zu Bett gegangen. Ich habe ausgezeichnet geschlafen; es schlug gerade neun Uhr, als mich ein Klopfen an der Türe weckte. Es war die Wirtin, die mir selbst das Frühstück brachte, sie ist wohl sehr besorgt um mich, das merkt man aus den Eiern, dem Schinken und dem ausgezeichneten Kaffee, den sie mir brachte. Ich habe mich gewaschen und angezogen, dann zugeschaut, wie der Hausknecht das Zimmer machte. Dabei habe ich meine Pfeife geraucht.

So, nun bin ich also hier. Ich weiß recht gut, daß die Sache gefährlich ist, aber ich weiß auch, daß ich gemacht bin, wenn es mir gelingt, ihr auf den Grund zu kommen. Und wenn Paris einst eine Messe wert war, — so billig gewinnt man es heute nicht mehr — so kann ich wohl mein bißchen Leben dafür aufs Spiel setzen. Hier ist eine Chance — nun gut, ich will sie versuchen.

Übrigens waren andere auch so schlau, das herauszufinden. Nicht weniger wie siebenundzwanzig Leute haben sich bemüht, teils auf der Polizei, teils direkt bei der Wirtin, das Zimmer zu bekommen; es waren drei Damen darunter. Es war also genug Konkurrenz da; wahrscheinlich alles ebenso arme Teufel wie ich selbst.
Aber ich habe »die Stelle bekommen«. Warum? Ah, ich war wahrscheinlich der einzige, der der weisen Polizei mit einer — »Idee« aufwarten konnte. Eine nette Idee! Natürlich war es ein Bluff.
Diese Rapporte sind auch für die Polizei bestimmt. Und da macht es mir Spaß, den Herren gleich im Anfang zu sagen, daß ich ihnen hübsch was vorgemacht habe. Wenn der Kommissar vernünftig ist, wird er sagen: »Hm, gerade deshalb scheint der Bracquemont geeignet!« — Übrigens ist es mir ganz gleichgültig, was er später sagt: jetzt sitze ich ja hier. Und mir scheint es ein gutes Omen, daß ich meine Tätigkeit damit begonnen habe, die Herren so gründlich zu bluffen.
Ich war auch zuerst bei Frau Dubonnet, die schickte mich zum Polizeirevier. Eine ganze

Woche lang habe ich jeden Tag da herumgelungert, immer wurde mein Anerbieten »in Erwägung gezogen« und immer hieß es, ich solle morgen wiederkommen. Die meisten meiner Konkurrenten hatten die Flinte längst ins Korn geworfen, hatten auch wohl etwas besseres zu tun, als in der muffigen Wachstube stundenlang zu warten; der Kommissar war schon ganz ärgerlich über meine Hartnäckigkeit. Endlich sagte er mir kategorisch, daß mein Wiederkommen keinen Zweck habe. Er sei mir wie auch den anderen dankbar für meinen guten Willen, aber man habe absolut keine Verwendung für »dilettantische Laienkräfte«. Wenn ich nicht irgend einen ausgearbeiteten Operationsplan habe —
Da sagte ich ihm, ich hätte einen solchen Operationsplan. Ich hatte natürlich gar nichts und hätte ihm kein Wörtchen erzählen können. Aber ich sagte ihm, daß ich ihm meinen Plan, der gut sei, aber recht gefährlich, und wohl auch denselben Schluß finden könne wie die Tätigkeit des Schutzmannes, nur dann mitteilen wolle, wenn er sich ehrenwörtlich bereiterkläre, ihn selbst auszuführen. Dafür bedankte er sich, er meinte, daß er durchaus keine

Zeit für so etwas habe. Aber ich sah, daß ich Oberwasser bekam, als er mich fragte, ob ich ihm nicht wenigstens eine Andeutung geben wolle — —

Und das tat ich. Ich erzählte ihm einen blühenden Unsinn, von dem ich selbst eine Sekunde vorher noch gar keine Ahnung hatte; ich weiß gar nicht, woher mir plötzlich dieser seltsame Gedanke kam. Ich sagte ihm, daß unter allen Stunden der Woche es eine gäbe, die einen geheimnisvollen, seltsamen Einfluß habe. Das sei die Stunde, in der Christus aus seinem Grabe verschwunden sei, um niederzufahren zur Hölle: die sechste Abendstunde des letzten Tages der jüdischen Woche. Und er möge sich erinnern, daß es diese Stunde gewesen sei, Freitag zwischen fünf und sechs Uhr, in der alle drei Selbstmorde begangen worden seien. Mehr könne ich ihm jetzt nicht sagen, verweise ihn aber auf die Offenbarung St. Johannis.

Der Kommissar machte ein Gesicht, als ob er davon etwas verstehe, bedankte sich und bestellte mich für den Abend wieder. Ich trat pünktlich in sein Bureau; vor ihm auf dem Tische sah ich das Neue Testament liegen. Ich hatte in der Zwischenzeit dieselben Studien gemacht wie er; ich hatte die Offenbarung durchgelesen und — nicht eine Silbe davon verstanden. Vielleicht war der Kommissar intelligenter als ich, jedenfalls sagte er mir sehr verbindlich, daß er trotz meiner nur sehr vagen Andeutungen glaube, meinen Gedankengang zu verstehen. Und daß er bereit sei, auf meine Wünsche einzugehen und sie in jeder Weise zu fördern.

Ich muß anerkennen, daß er mir in der Tat sehr behilflich gewesen ist. Er hat das Arrangement mit der Wirtin getroffen, demzufolge ich während der Dauer meines Aufenthaltes im Hotel alles frei habe. Er hat mir einen ausgezeichneten Revolver gegeben und eine Polizeipfeife; die diensttuenden Schutzleute haben Befehl, möglich oft durch die kleine Rue Alfred Stevens zu gehen und auf ein kleinstes Zeichen von mir hinaufzukommen. Die Hauptsache ist aber, daß er mir in dem Zimmer ein Tischtelephon hat anbringen lassen, durch das ich mit dem Polizeirevier in direkter Verbindung stehe. Da dieses kaum vier Minuten entfernt ist, kann ich also jederzeit schnellste Hilfe haben. Bei alledem verstehe ich nicht recht, vor was ich Angst haben sollte.

Dienstag, 1. März.

Vorgefallen ist nichts, weder gestern noch heute. Frau Dubonnet hat eine neue Gardinenschnur gebracht aus einem anderen Zimmer — sie hat ja genug leerstehen. Sie benutzt überhaupt jede Gelegenheit, um zu mir zu kommen; jedesmal bringt sie etwas mit. Ich habe mir noch einmal in allen Einzelheiten die Vorkommnisse erzählen lassen, aber nichts Neues erfahren. Bezüglich der Todesursachen hat sie ihre eigene Meinung. Was den Artisten angehe, so glaube sie, daß es sich um eine unglückliche Liebschaft handele; als er im letzten Jahre bei ihr gewesen, sei häufig eine junge Dame zu ihm gekommen, die sich aber diesmal nicht habe blicken lassen. Was dem Schweizer Herrn seinen Entschluß eingegeben habe, wisse sie freilich nicht — — man könne ja aber auch nicht alles wissen. Aber der Sergeant habe ganz gewiß den Selbstmord nur begangen, um sie zu ärgern.

Ich muß sagen, daß diese Erklärungen der Frau Dubonnet etwas dürftig sind. Aber ich habe sie ruhig schwatzen lassen; immerhin unterbricht sie meine Langeweile.

Donnerstag, 3. März.

Noch immer gar nichts. Der Kommissar klingelt ein paarmal am Tage an, ich sage ihm dann, daß es mir ausgezeichnet gehe; offenbar befriedigt ihn diese Auskunft nicht ganz. Ich habe meine medizinischen Bücher herausgenommen und studiere; so hat meine freiwillige Haft doch einen Zweck auf alle Fälle.

Freitag, 4. März, 2 Uhr nachmittags.

Ich habe ausgezeichnet zu Mittag gespeist; dazu hat mir die Wirtin eine halbe Flasche Champagner gebracht; es war eine richtige Henkersmahlzeit. Sie betrachtet mich als schon dreiviertel tot. Ehe sie ging, hat sie mich weinend gebeten mitzukommen; sie fürchtete wohl, daß ich mich auch noch aufhängen würde, »um sie zu ärgern«.

Ich habe mir eingehend die neue Gardinenschnur betrachtet. Daran also soll ich mich gleich aufhängen? Hm, ich verspüre wenig Lust dazu. Dabei ist die Schnur rauh und hart und zieht sich sehr schlecht in der Schlinge, man muß schon einen recht guten Willen haben, um das Beispiel der anderen nachzuahmen. Jetzt sitze ich an meinem Tisch, links steht das Telephon, rechts liegt der Revolver. Furcht habe ich gar nicht, aber neugierig bin ich.

6 Uhr abends.
Nichts ist passiert, beinahe hätte ich geschrieben — leider! Die verhängnisvolle Stunde kam und ging — und sie war wie alle anderen. Freilich kann ich nicht leugnen, daß ich manchmal einen gewissen Drang verspürte, zum Fenster zu gehen — o ja, aber aus anderen Gründen! — Der Kommissar klingelte zwischen 5 und 6 wenigstens zehnmal an, er war ebenso ungeduldig wie ich selbst. Aber Frau Dubonnet ist vergnügt: eine Woche hat jemand auf Nr. 7 gewohnt, ohne sich aufzuhängen. Fabelhaft!

Montag, 7. März.

Ich bin nun überzeugt, daß ich nichts entdecken werde und neige der Ansicht zu, daß es sich bei den Selbstmorden meiner Vorgänger nur um einen seltsamen Zufall gehandelt hat. Ich habe den Kommissar gebeten, nochmals in allen drei Fällen eingehende Nachforschungen veranlassen zu wollen, ich bin überzeugt, daß man schließlich doch die Gründe finden wird. — Was mich anbetrifft, so werde ich so lange wie möglich hier bleiben. Paris werde ich freilich hier nicht erobern, aber ich lebe umsonst hier und mäste mich ordentlich an. Dazu studiere ich tüchtig. Ich merke ordentlich, wie ich in Schuß komme. Und endlich habe ich noch einen Grund, der mich hier hält.

Mittwoch, 9. März.

Also ich bin einen Schritt weitergekommen. Clarimonde — —

Ach so, ich habe von Clarimonde noch nichts erzählt. Also sie ist — mein »dritter Grund«, hier zu bleiben, und sie ist es auch, wegen der ich in jener »verhängnisvollen« Stunde gerne zum Fenster gegangen wäre — aber gewiß nicht, um mich aufzuhängen. Clarimonde — warum nenne ich sie nur so? Ich habe keine Ahnung wie sie heißt, aber es ist mir, als müsse ich sie Clarimonde nennen. Und ich möchte wetten, daß sie sich wirklich so nennt, wenn ich sie einmal nach ihrem Namen frage.

Ich habe Clarimonde gleich in den ersten Tagen bemerkt. Sie wohnt auf der anderen Seite der

sehr schmalen Straße und ihr Fenster liegt dem meinen gerade gegenüber. Da sitzt sie hinter den Vorhängen. Übrigens muß ich feststellen, daß sie mich früher beobachtete als ich sie, und sichtlich ein Interesse für mich bewies. Kein Wunder, die ganze Straße weiß ja, daß ich hier wohne und weshalb, dafür hat Frau Dubonnet schon gesorgt.
Ich bin wirklich keine sehr verliebte Natur und meine Beziehungen zur Frau sind immer sehr kärglich gewesen. Wenn man aus Verdun nach Paris kommt, um Medizin zu studieren, und dabei kaum so viel Geld hat, um sich alle drei Tage einmal satt zu essen, dann hat man an etwas anderes zu denken, als an die Liebe. Ich habe also nicht viel Erfahrungen und vielleicht habe ich diese Sache ziemlich dumm angefangen. Immerhin, mir gefällt sie, so wie sie ist.
Im Anfang ist mir gar nicht der Gedanke gekommen, mein Gegenüber in irgendwelche Beziehungen zu mir zu bringen. Ich habe mir nur gedacht, da ich nun doch einmal hier sei, um zu beobachten, und sonst mit dem besten Willen nichts zu erforschen habe, so könne ich gerade so gut mein Gegenüber beobachten. Den ganzen Tag lang kann man ja doch nicht über den

Büchern sitzen. Ich habe also festgestellt, daß Clarimonde die kleine Etage augenscheinlich allein bewohnt. Sie hat drei Fenster, aber sie sitzt nur an dem Fenster, das dem meinen gegenüberliegt; sie sitzt da und spinnt, an einem kleinen altmodischen Rocken. Ich habe so einen Spinnrocken einmal bei meiner Großmutter gesehen; aber die hatte ihn auch nie gebraucht, ihn nur geerbt von irgendeiner Urtante: ich wußte gar nicht, daß man heute noch damit arbeitet. Übrigens ist der Spinnrocken von Clarimonde ein ganz kleines, feines Ding, weiß und scheinbar aus Elfenbein; es müssen ungeheuer zarte Fäden sein, die sie macht. Sie sitzt den ganzen Tag hinter den Vorhängen und arbeitet unaufhörlich, erst wenn es dunkel wird, hört sie auf. Freilich wird es sehr früh dunkel in diesen Nebeltagen in der engen Straße, um fünf Uhr schon haben wir die schönste Dämmerung. Licht habe ich nie gesehen in ihrem Zimmer.

Wie sie aussieht — Ja, das weiß ich nicht recht. Sie trägt die schwarzen Haare in Wellenlocken und ist ziemlich bleich. Die Nase ist schmal und klein und die Flügel bewegen sich. Auch ihre Lippen sind bleich, und es scheint mir, als ob

die kleinen Zähne zugespitzt wären wie bei Raubtieren. Die Liderschatten tief, aber wenn sie sie aufschlägt, leuchten ihre großen, dunklen Augen. Doch fühle ich das alles viel mehr, als ich es wirklich weiß. Es ist schwer, etwas genau zu erkennen hinter den Vorhängen.
Noch etwas: Sie trägt stets ein schwarzes, geschlossenes Kleid; große lila Tupfen sind darauf. Und immer hat sie lange schwarze Handschuhe an, wohl um die Hände nicht bei der Arbeit zu verderben. Es sieht seltsam aus, wie die schmalen schwarzen Finger schnell, scheinbar durcheinander, die Fäden nehmen und ziehen — wirklich, beinahe wie ein Gekrabbele von Insektenbeinen.
Unsere Beziehungen zueinander? Nun, eigentlich sind sie recht oberflächlich, und doch kommt es mir vor, als wenn sie viel tiefer wären. Es fing wohl so an, daß sie zu meinem Fenster hinübersah — und ich zu dem ihren. Sie beobachtete mich — und ich sie. Und dann muß ich ihr wohl ganz gut gefallen haben, denn eines Tages, als ich sie wieder so anschaute, lächelte sie, ich natürlich auch. Das ging so ein paar Tage lang, immer öfter und öfter lächelten wir uns zu. Dann habe ich mir fast stündlich

vorgenommen, sie zu grüßen; ich weiß nicht recht, was mich immer wieder davon abhielt. Endlich habe ich es doch getan, heute nachmittag. Und Clarimonde hat wiedergegrüßt. Nur ganz leise freilich, aber ich habe es wohl gesehen, wie sie genickt hat.

Donnerstag, 10. März.

Gestern bin ich lange aufgesessen über den Büchern. Ich kann nicht gerade sagen, daß ich viel studiert habe: ich habe Luftschlösser gebaut und von Clarimonde geträumt. Ich habe unruhig geschlafen, bis tief in den Morgen hinein.

Als ich ans Fenster trat, saß Clarimonde da. Ich grüßte und sie nickte wieder. Sie lächelte und sah mich lange an.

Ich wollte arbeiten, aber ich fand die Ruhe nicht. Ich setzte mich ans Fenster und starrte sie an. Da sah ich, wie auch sie die Hände in den Schoß legte. Ich zog an der Schnur die weiße Gardine zurück und — im selben Augenblicke fast — tat sie das gleiche. Wir lächelten beide und sahen uns an.

Ich glaube, wir haben wohl eine Stunde so gesessen.

Dann spann sie wieder.

Samstag, 12. März.

Diese Tage gehen so hin. Ich esse und trinke, ich setze mich an den Arbeitstisch. Ich brenne dann meine Pfeife an und beuge mich über ein Buch. Aber ich lese keine Silbe. Ich versuche immer wieder, aber ich weiß zuvor, daß es gar nichts fruchten wird. Dann gehe ich ans Fenster. Ich grüße, Clarimonde dankt. Wir lächeln und starren uns an, stundenlang —

Gestern nachmittag um die sechste Stunde war ich ein wenig unruhig. Die Dämmerung brach sehr früh herein und ich fühlte eine gewisse Angst. Ich saß an meinem Schreibtisch und wartete. Ich fühlte einen fast unbezwingbaren Drang zum Fenster — nicht um mich aufzuhängen freilich, sondern um Clarimonde anzusehen. Ich sprang auf und stellte mich hinter die Gardine. Nie, scheint es mir, habe ich sie so deutlich gesehen, trotzdem es schon recht dunkel war. Sie spann, aber ihre Augen schauten zu mir herüber. Ich fühlte ein seltsames Wohlbehagen und eine ganz leise Angst.

Das Telephon klingelte. Ich war wütend auf den albernen Kommissar, der mich mit seinen dummen Fragen aus meinen Träumen riß.

Heute morgen besuchte er mich, zusammen mit

Frau Dubonnet. Sie ist zufrieden genug mit meiner Tätigkeit, es genügt ihr vollständig, daß ich nun schon zwei Wochen lang *lebe* im Zimmer Nr. 7. Der Kommissar aber will außerdem noch Resultate. Ich habe geheimnisvolle Andeutungen gemacht, daß ich einer höchst seltsamen Sache auf der Spur sei; der Esel hat mir alles geglaubt. Auf jeden Fall kann ich noch wochenlang hier bleiben — und das ist mein einziger Wunsch. Nicht wegen Frau Dubonnets Küche und Keller — Herrgott, wie rasch wird einem das gleichgültig, wenn man immer satt ist! — nur wegen ihres Fensters, das sie haßt und fürchtet, und das ich so liebe, dieses Fenster, das mir Clarimonde zeigt.
Wenn ich die Lampe angesteckt habe, sehe ich sie nicht mehr. Ich habe mir die Augen ausgeguckt, um zu sehen, ob sie ausgeht, aber ich habe sie nie einen Schritt auf die Straße setzen sehen. Ich habe einen großen, bequemen Lehnstuhl und einen grünen Schirm über der Lampe, dessen Schein mich warm einhüllt. Der Kommissar hat mir ein großes Paket Tabak gebracht, ich habe nie so guten geraucht — — und trotzdem kann ich nicht arbeiten. Ich lese zwei, drei Seiten und wenn ich zu Ende bin, weiß ich, daß

ich nicht ein Wort verstanden habe. Nur das Auge nimmt die Buchstaben auf, mein Hirn lehnt aber jeden Begriff ab. Komisch! Als ob es ein Schild trage: Eingang verboten. Als ob es keinen anderen Gedanken mehr zulasse als den einen: Clarimonde —
Endlich schiebe ich die Bücher weg, lehne mich tief zurück in meinen Sessel und träume.

Sonntag, 13. März.

Heute morgen habe ich ein kleines Schauspiel gesehen. Ich ging im Korridor auf und ab, während der Hausknecht mein Zimmer in Ordnung brachte. Vor dem kleinen Hoffenster hängt ein Spinnweb, eine dicke Kreuzspinne sitzt darin. Frau Dubonnet läßt sie nicht wegfangen: Spinnen bringen Glück, und sie hatte gerade genug Unglück in ihrem Hause. Da sah ich, wie eine andere, viel kleinere Spinne vorsichtig um das Netz herumlief, ein Männchen. Behutsam ging es ein wenig auf dem schwankenden Faden der Mitte zu, aber sowie das Weibchen sich nur rührte, zog es sich schleunigst zurück. Lief an ein anderes Ende und versuchte von neuem sich zu nähern. Endlich schien das starke Weibchen in der Mitte seinen Werbungen Gehör zu schenken, es rührte sich nicht mehr. Das Männchen zupfte erst leise, dann stärker an einem Faden, so daß das ganze Netz zitterte; aber seine Angebetete blieb ruhig. Da kam es schnell, aber unendlich vorsichtig näher heran. Das Weibchen empfing es still und ließ sich ruhig, ganz hingebend, seine zärtliche Umarmung gefallen; unbeweglich hingen sie beide minutenlang mitten in dem großen Netz.

Dann sah ich, wie das Männchen langsam sich löste, ein Bein ums andere; es war, als wolle es sich still zurückziehen und die Gefährtin allein lassen in dem Liebestraum. Plötzlich ließ es ganz los, und lief, so schnell es nur konnte, hinaus aus dem Netz. Aber in demselben Augenblicke kam ein wildes Leben in das Weibchen, rasch jagte es nach. Das schwache Männchen ließ sich an einem Faden herab, gleich machte die Geliebte das Kunststück nach. Beide fielen auf das Fensterbrett, mit dem Aufgebot all seiner Kräfte suchte das Männchen zu entkommen. Zu spät, schon faßte es mit starkem Griff die Gefährtin und trug es wieder hinauf in das Netz, gerade in die Mitte. Und dieser selbe Platz, der eben als Bett gedient hatte für wollustige Begierde, sah nun ein ander Bild. Ver-

geblich zappelte der Liebhaber, streckte immer wieder die schwachen Beinchen aus, suchte sich zu entwinden aus dieser wilden Umarmung: die Geliebte gab ihn nicht mehr frei. In wenigen Minuten spann sie ihn ein, daß er kein Glied mehr rühren konnte. Dann schlug sie die scharfen Zangen in seinen Leib und sog in vollen Zügen das junge Blut des Geliebten. Ich sah noch, wie sie endlich das jämmerliche, unkenntliche Klümpchen — Beinchen, Haut und Fäden — loslöste und verächtlich hinauswarf aus dem Netz.
So also ist die Liebe bei diesen Tieren — nun, ich bin froh, daß ich kein Spinnenjüngling bin.

Montag, 14. März.

Ich werfe keinen Blick mehr in meine Bücher. Nur am Fenster verbringe ich meine Tage. Und wenn es dunkel ist, bleibe ich auch sitzen. Sie ist nicht mehr da, aber ich schließe die Augen und sehe sie doch —
Hm, dies Tagebuch ist wirklich ganz anders geworden, als ich es mir vorstellte. Es erzählt von Frau Dubonnet und dem Kommissar, von Spinnen und von Clarimonde. Aber nicht eine Silbe

über die Entdeckungen, die ich machen wollte. — Kann ich dafür?

Dienstag, 15. März.

Wir haben ein seltsames Spiel gefunden, Clarimonde und ich; wir spielen es den ganzen Tag lang. Ich grüße sie, sogleich grüßt sie zurück. Dann trommle ich mit der Hand gegen die Scheiben, sie sieht es kaum und schon beginnt sie auch zu trommeln. Ich winke ihr zu, sie winkt wieder; ich bewege die Lippen, als ob ich zu ihre spreche und sie tut dasselbe. Dann streiche ich von der Schläfe mein Haar zurück und schon ist auch ihre Hand an der Stirne. Ein richtiges Kinderspiel, und wir lachen beide darüber. Das heißt — eigentlich lacht sie nicht, es ist ein Lächeln, still, hingebend — genau so glaube ich selbst zu lächeln.

Übrigens ist das alles nicht ganz so dumm, wie es den Anschein hat. Es ist nicht nur ein reines Nachmachen, ich glaube, das würden wir beide bald leid werden; es muß wohl eine gewisse Gedankenübertragung dabei eine Rolle spielen. Denn Clarimonde folgt meinen Bewegungen in dem kleinsten Bruchteil einer Sekunde, sie hat kaum Zeit, sie zu sehen und führt sie schon

selbst aus; manchmal scheint es mir, als ob es gleichzeitig wäre. Das ist es, was mich reizt, immer etwas ganz neues, unvorgesehenes zu machen, es ist verblüffend, wie sie zugleich dasselbe tut. Manchmal versuche ich sie aufs Glatteis zu führen. Ich mache eine Menge von verschiedenen Bewegungen schnell hintereinander; dann dieselben noch einmal und wieder. Schließlich mache ich zum vierten Male dieselbe Reihe, aber wechsle die Folge der Bewegungen oder ich mache eine anders, oder lasse eine aus. So wie Kinder, die »Alle Vögel fliegen« spielen. Es ist ganz merkwürdig, daß Clarimonde auch nicht ein einziges Mal eine falsche Bewegung macht, obwohl ich so schnell wechsle, daß sie kaum Zeit hat, jede einzelne zu erkennen.
Damit verbringe ich meinen Tag. Aber ich habe keine Sekunde das Gefühl, daß ich unnütz die Zeit totschlage; es ist mir im Gegenteil so, als ob ich nie etwas Wichtigeres getrieben habe.

Mittwoch, 16. März.

Ist es nicht komisch, daß mir nie ernsthaft der Gedanke kommt, meine Beziehungen zu Clarimonde auf eine etwas vernünftigere Basis zu stellen, als diese stundenlangen Spielereien?

Letzte Nacht dachte ich darüber nach. Ich kann doch einfach Hut und Mantel nehmen und hinunter gehen, zwei Treppen. Fünf Schritte über die Straße, dann wieder zwei Treppen. An der Türe ist ein kleines Schild, darauf steht »Clarimonde — —«. Clarimonde — was? Ich weiß nicht, was; aber Clarimonde steht da. Dann klopfe ich und dann — —

Soweit kann ich mir alles genau vorstellen, jede kleinste Bewegung, die ich mache, sehe ich vor mir. Aber ich kann mir durchaus kein Bild machen, was dann weiter kommen soll. Die Türe öffnet sich, das sehe ich noch. Aber ich bleibe davor stehen und blicke hinein in ein Dunkel, das nichts, aber auch gar nichts erkennen läßt. Sie kommt nicht — nichts kommt; es ist überhaupt gar nichts da. Nur dieses schwarze, undurchdringliche Dunkel.

Mir ist manchmal, als ob es eine andere Clarimonde gar nicht gäbe, als die ich dort am Fenster sehe und die mit mir spielt. Ich kann mir gar nicht vorstellen, wie diese Frau aussehen würde im Hute oder einem andern Kleide, als ihrem schwarzen mit den großen lila Tupfen; nicht einmal ohne ihre Handschuhe kann ich sie mir denken. Wenn ich sie auf der Straße sehen

sollte, oder gar in einem Restaurant, essend, trinkend, plaudernd — — ich muß ordentlich lachen, so unmöglich erscheint mir das Bild.
Manchmal frage ich mich, ob ich sie liebe. Ich kann das nicht recht beantworten, da ich ja noch nie geliebt habe. Ist aber das Gefühl, das ich zu Clarimonde habe, wirklich — Liebe, so ist sie jedenfalls ganz, ganz anders, als ich sie bei meinen Kameraden gesehen oder aus Romanen kennengelernt habe.
Es wird mir sehr schwer, meine Empfindungen festzustellen. Es wird mir überhaupt schwer, an etwas zu denken, das sich nicht auf Clarimonde bezieht, oder vielmehr — — auf unser Spiel. Denn es läßt sich nicht leugnen, es ist eigentlich dieses Spiel, das mich immer beschäftigt, nichts anderes. Und das ist es, was ich am wenigsten begreife.
Clarimonde — — ja, ich fühle mich zu ihr hingezogen. Aber da hinein mischt sich ein anderes Gefühl, so, als ob ich mich fürchte. Fürchte? Nein, das ist es auch nicht, es ist eher eine Scheu, eine leise Angst vor irgend etwas, das ich nicht weiß. Und gerade diese Angst ist es, die etwas seltsam bezwingendes, merkwürdig wollüstiges hat, die mich von ihr abhält und doch näher zu

ihr hinzieht. Mir ist, als liefe ich in großem Kreise weit um sie herum, käme hier ein wenig näher, zöge mich wieder zurück, liefe weiter, ginge an einer anderen Stelle vor und dann schnell wieder zurück. Bis ich endlich — und das weiß ich ganz gewiß — doch einmal hin muß zu ihr.
Clarimonde sitzt am Fenster und spinnt. Fäden, lange, dünne, unendlich feine Fäden. Sie macht ein Gewebe daraus, ich weiß nicht, was es werden soll. Und ich kann nicht begreifen, wie sie dies Netz machen kann, ohne immer wieder die zarten Fäden zu verwirren und zu zerreißen. Es sind wunderliche Muster in ihrer feinen Arbeit, Fabeltiere und merkwürdige Fratzen.
Übrigens — was schreibe ich da? Richtig ist, daß ich gar nicht sehen kann, was sie eigentlich spinnt; viel zu fein sind die Fäden. Und doch fühle ich, daß ihre Arbeit genau so ist, wie ich sie sehe — — wenn ich die Augen schließe. Genau so. Ein großes Netz und viele Geschöpfe darin, Fabeltiere und merkwürdige Fratzen —

Donnerstag, 17. März.

Ich bin in einer merkwürdigen Aufregung. Ich spreche mit keinem Menschen mehr; selbst Frau

Dubonnet und dem Hausknecht sage ich kaum mehr guten Tag. Kaum lasse ich mir die Zeit, um zu essen; ich mag nur noch am Fenster sitzen, mit ihr zu spielen. Es ist ein aufregendes Spiel, wirklich, das ist es.
Und ich habe ein Gefühl, als müsse morgen etwas vorfallen.

Freitag, 18. März.

Ja, ja es muß etwas passieren heute — Ich sage mir vor — ganz laut spreche ich zu mir, um meine Stimme zu hören — daß ich ja *deshalb* hier sei. Aber das Schlimme ist: ich habe Angst. Und diese Angst, daß mir etwas ähnliches zustoßen könne wie meinen Vorgängern in diesem Raume, mischt sich seltsam in die andere Angst: die vor Clarimonde. Ich kann sie kaum auseinanderhalten.
Ich habe Furcht, schreien möchte ich.

6 Uhr abends.
Rasch ein paar Worte, in Hut und Mantel.
Als es fünf Uhr war, war ich zu Ende mit meiner Kraft. Oh, ich weiß es jetzt gewiß, daß es irgendeine Bewandtnis haben muß mit dieser sechsten Stunde des vorletzten Wochentages —

jetzt lache ich nicht mehr über den Schwindel, den ich dem Kommissar vormachte. Ich saß auf meinem Sessel, mit Gewalt hielt ich mich da fest. Aber es zog mich, riß mich fast zum Fenster. Ich mußte spielen mit Clarimonde — und dann wieder diese gräßliche Angst vor dem Fenster. Ich sah sie da hängen, den Schweizer Kommis, groß, mit dickem Halse und grauem Stoppelbart. Und den schlanken Artisten und den untersetzten, kräftigen Sergeanten. Alle drei sah ich, einen nach dem anderen und dann zusammen alle drei, an demselben Haken, mit offenen Mündern und weit herausgestreckten Zungen. Und dann sah ich mich selbst, mitten unter ihnen.

O diese Angst! Ich fühlte wohl, daß ich sie ebensosehr vor dem Fensterkreuz hatte und dem gräßlichen Haken da oben, wie vor Clarimonde. Sie mag mir verzeihen, aber es ist so: In meiner schmählichen Furcht mischte ich sie immer hinein in das Bild der drei, die da hingen, die Beine tief schleifend auf dem Boden.

Das ist wahr, ich fühlte keinen Augenblick in mir einen Wunsch, eine Sehnsucht, mich zu erhängen; ich hatte auch keine Furcht davor, daß ich das tun möchte. Nein — ich hatte nur Angst vor dem Fenster selbst — und vor Clarimonde — vor etwas Schrecklichem, Ungewissen, das jetzt kommen mußte. Ich hatte den leidenschaftlichen, unbezwingbaren Wunsch, aufzustehen und doch ans Fenster zu gehen. Und ich mußte es tun —

Da schellte das Telephon. Ich nahm die Muschel und ehe ich noch ein Wort hören konnte, schrie ich selbst hinein: »Kommen! Sofort kommen!«

Es war, als ob der Schrei meiner gellenden Stimme im Augenblick alle Schatten in die letzten Ritzen des Fußbodens jagte. Ich war ruhig im Augenblick. Ich wischte mir den Schweiß von der Stirne und trank ein Glas Wasser; dann überlegte ich, was ich dem Kommissar sagen solle, wenn er komme. Endlich ging ich ans Fenster, grüßte und lächelte.

Und Clarimonde grüßte und lächelte.

Fünf Minuten später war der Kommissar da. Ich erzählte ihm, daß ich endlich der Geschichte auf den Grund komme; heute möge er mich noch mit Fragen verschonen, aber ich würde ihm gewiß in kurzem merkwürdige Enthüllungen geben können. Das komische dabei war, daß, als ich ihm das vorlog, ich durchaus überzeugt war, daß ich die Wahrheit sage. Und daß

ich es jetzt noch fast so fühle — — entgegen meinem besseren Wissen.
Er bemerkte wohl meinen etwas sonderbaren Gemütszustand, besonders als ich mich wegen meines ängstlichen Schreis ins Telephon zu entschuldigen und ihn möglichst natürlich zu erklären versuchte — — und doch nicht recht einen Grund dafür fand. Er meinte sehr liebenswürdig, ich solle durchaus keine Rücksicht auf ihn nehmen; er stände mir immer zur Verfügung, das sei seine Pflicht. Lieber komme er ein Dutzend Mal vergebens, als daß er einmal auf sich warten lasse, wenn es nötig wäre. Dann lud er mich ein, heute abend mit ihm auszugehen, das würde mich zerstreuen; es sei nicht gut, wenn ich immer so ganz allein sei. Ich habe angenommen — obwohl es mir schwer fiel; ich mag mich nicht gerne trennen von diesem Zimmer.

Samstag, 19. März.

Wir waren in der Gaieté Rochechouart, in der Cigale und in der Lune Rousse. Der Kommissar hat recht gehabt: es war gut für mich, daß ich einmal hier heraus kam, andere Luft atmete. Anfangs hatte ich ein recht unangenehmes Ge-

fühl, so als ob ich etwas unrechtes tue, als ob ich ein Deserteur sei, der der Fahne den Rücken gekehrt habe. Dann aber legte sich das; wir tranken viel, lachten und schwatzten.
Als ich heute morgen ans Fenster trat, glaubte ich in Clarimondens Blick einen Vorwurf zu lesen. Vielleicht aber bilde ich mir das nur ein: woher soll sie denn überhaupt wissen, daß ich gestern nacht aus war? Übrigens dauerte das nur einen Augenblick, dann lächelte sie wieder.
Den ganzen Tag haben wir gespielt.

Sonntag, 20. März.

Ich kann heute nur wieder schreiben: den ganzen Tag haben wir gespielt.

Montag, 21. März.

Den ganzen Tag haben wir gespielt.

Dienstag, 22. März.

Ja, und das haben wir auch heute getan. Nichts, gar nichts anderes. — Zuweilen frage ich mich — wozu eigentlich, warum? Oder: was will ich eigentlich, wohin soll das führen? Aber ich gebe mir nie eine Antwort darauf. Denn es ist gewiß, daß ich nichts anderes wünsche als gerade

das. Und das, was auch immer kommen mag, ist es — — wonach ich mich sehne.
Wir haben miteinander gesprochen in diesen Tagen, freilich kein lautes Wort. Manchmal haben wir die Lippen bewegt, öfter nur uns angesehen. Aber wir haben uns sehr gut verstanden.
Ich hatte recht gehabt: Clarimonde machte mir Vorwürfe, weil ich weglief am letzten Freitage. Dann habe ich sie um Verzeihung gebeten und gesagt, daß ich es einsähe, daß es dumm von mir gewesen sei und häßlich. Sie hat mir verziehen und ich habe ihr versprochen, daß ich nie mehr weggehen wolle von diesem Fenster. Und wir haben uns geküßt, haben die Lippen lange an die Scheiben gedrückt.

Mittwoch, 23. März.

Ich weiß jetzt, daß ich sie liebe. Es muß so sein, ich bin durchdrungen von ihr bis in die letzte Fiber. Mag sein, daß die Liebe anderer Menschen anders ist. Aber gibt es einen Kopf, ein Ohr nur, eine Hand, die irgendeiner anderen von tausend Millionen gleich wäre? Alle sind verschieden, so mag auch keine Liebe der anderen gleich sein. Absonderlich ist meine Liebe, das weiß ich wohl. Aber ist sie darum weniger schön? Beinahe bin ich glücklich in dieser Liebe. Wenn nur nicht die Angst wäre! Manchmal schläft sie ein, dann vergesse ich sie. Aber nur auf Minuten, dann wacht sie wieder und läßt mich nicht los. Sie kommt mir vor wie ein armseliges Mäuslein, das gegen eine große, schöne Schlange kämpft, sich entwinden will ihrer starken Umarmungen. Warte nur, du dumme kleine Angst, bald wird diese große Liebe dich fressen.

Donnerstag, 24. März.

Ich habe eine Entdeckung gemacht: ich spiele nicht mit Clarimonde — *sie spielt mit mir.*

So kam es.

Gestern abend dachte ich — wie immer — an unser Spiel. Da habe ich mir fünf neue verzwickte Folgen aufgeschrieben, mit denen ich sie am Morgen überraschen wollte, jede Bewegung trug eine Nummer. Ich übte sie mir ein, um sie möglichst schnell machen zu können, vorwärts und dann rückwärts. Dann nur die geraden Ziffern und dann nur die ungeraden, und alle ersten und letzten Bewegungen der fünf Folgen. Es war sehr mühselig, aber es machte mir viel Freude, brachte es mich doch Clarimonde näher, auch wenn ich sie nicht sah. Stundenlang übte ich so, aber endlich ging es wie am Schnürchen.

Heute morgen nun trat ich ans Fenster. Wir grüßten uns, dann begann das Spiel. Hinüber, herüber, es war unglaublich, wie schnell sie mich verstand, wie sie im selben Augenblicke fast alles tat, was ich machte.

Da klopfte es; es war der Hausknecht, der mir die Stiefel brachte. Ich nahm sie an; als ich zum Fenster zurückging, fiel mein Blick auf das Blatt, auf dem ich meine Folgen notiert hatte.

Und da sah ich, daß ich soeben nicht eine einzige all dieser Bewegungen ausgeführt hatte.

Ich taumelte beinahe, ich faßte die Lehne des Sessels und ließ mich hineinfallen. Ich glaubte es nicht, las das Blatt wieder und wieder — — Aber es war so: Ich hatte soeben am Fenster eine Reihe von Folgen gespielt — und nicht eine von meinen.

Und ich hatte wieder das Gefühl: eine Türe öffnet sich weit — ihre Türe. Ich stehe davor und starre hinein — — nichts, nichts — nur dieses leere Dunkel. Dann wußte ich: wenn ich

jetzt hinausgehe, bin ich gerettet; und ich empfand wohl, ich *konnte* jetzt gehen. Trotzdem ging ich nicht. Das war, weil ich das bestimmte Gefühl hatte: du hältst das Geheimnis. Fest in beiden Händen. — *Paris* — du wirst Paris erobern!
Einen Augenblick war Paris stärker als Clarimonde.
— — Ach, jetzt denke ich kaum mehr daran. Jetzt fühle ich nur meine Liebe und in ihr diese stille, wollüstige Angst.
Aber in dem Augenblicke gab es mir Kraft. Ich las mir noch einmal meine erste Folge durch und prägte mir jede Bewegung deutlich ein. Dann ging ich zurück ans Fenster.
Genau gab ich acht auf das, was ich tat: *Es war keine Bewegung darunter, die ich ausführen wollte.*
Dann nahm ich mir vor, den Zeigefinger an der Nase zu reiben. Aber ich küßte die Scheibe. Ich wollte trommeln auf der Fensterbank, aber ich fuhr mit der Hand durch das Haar. Es war also gewiß, nicht Clarimonde machte das nach, was ich tat: ich tat vielmehr das, was sie mir vormachte. Und tat es so schnell, so blitzartig, daß es fast zur selben Sekunde geschah, daß ich mir

auch jetzt noch manchmal einbildete, von mir aus wäre die Willensäußerung ausgegangen.
Ich also, der so stolz darauf war, ihre Gedanken zu beeinflussen, ich bin es, der so ganz und gar beeinflußt wird. Nur — dieser Einfluß ist so leicht, so weich, o es gibt nichts, das so wohltuend wäre.
Ich habe noch andere Versuche gemacht. Ich steckte beide Hände in die Taschen, nahm mir fest vor, sie nicht zu rühren; starrte zu ihr hinüber. Ich sah, wie sie ihre Hand hob, wie sie lächelte und mir leicht drohte mit dem Zeigefinger. Ich bewegte mich nicht. Ich fühlte, wie meine Rechte sich heben wollte aus der Tasche, aber ich krallte die Finger tief in das Futter. Dann langsam, nach Minuten, lösten sich doch die Finger — und die Hand kam heraus aus der Tasche und der Arm hob sich. Und ich drohte ihr mit dem Finger und lächelte. Es war, als ob gar nicht ich selbst das tue, sondern irgendein Fremder, den ich beobachtete. Nein, nein — so war es nicht. Ich, ich tat es wohl — — und irgendein Fremder beobachtete mich. Eben der Fremde, der so stark war und die große Entdeckung machen wollte. Aber das war ich nicht —

Ich — was geht mich irgendeine Entdeckung an? Ich bin da, um zu tun, was sie will, Clarimonde, die ich liebe in köstlicher Angst.

Freitag, 25. März.

Ich habe den Telephondraht zerschnitten. Ich habe keine Lust mehr, immer gestört zu werden von dem albernen Kommissar, gerade dann, wenn die seltsame Stunde anbricht —

Herrgott — warum schreibe ich das nur? Kein Wort ist wahr davon. Es ist, als ob mir jemand die Feder führe.

Aber ich will — will — will hier das hinschreiben, was ist. Es kostet mich eine ungeheure Überwindung. Aber ich will es tun. Nur einmal noch — das — — was ich will.

Ich habe den Telephondraht zerschnitten — — ah —

Weil ich mußte. — Da steht es, endlich! Weil ich mußte, mußte.

Wir standen am Fenster heute morgen und spielten. Unser Spiel ist anders geworden seit gestern. Sie macht irgendeine Bewegung und ich wehre mich, so lange es geht. Bis ich endlich nachgeben muß, willenlos das zu tun, was sie will. Und ich kann gar nicht sagen, welch wundervolle Lust es ist, dieses Besiegtwerden, dieses Hingeben in ihren Willen.

Wir spielten. Und dann, plötzlich, stand sie auf, ging zurück in das Zimmer. So dunkel war es, daß ich sie nicht mehr sehen konnte; sie schien verschwunden im Dunkel. Aber gleich kam sie wieder, trug in beiden Händen ein Tischtelephon, ganz wie meines. Sie setzte es lächelnd nieder auf das Fensterbrett, nahm ein Messer, schnitt die Schnur durch und trug es wieder zurück.

Wohl eine Viertelstunde lang habe ich mich gewehrt. Meine Angst war größer als je zuvor, aber um so köstlicher war dies Gefühl des langsamen Unterliegens. Und endlich brachte ich meinen Apparat, schnitt die Schnur durch und stellte ihn zurück auf den Tisch.

So ist es geschehen.

— Ich sitze an meinem Tisch; ich habe Tee getrunken, soeben hat der Hausknecht das Geschirr hinausgetragen. Ich habe ihn nach der Zeit gefragt, meine Uhr geht nicht recht. Fünf Uhr fünfzehn ist es, fünf Uhr fünfzehn —

Ich weiß, wenn ich jetzt aufsehe, wird Clarimonde irgend etwas tun. Sie wird irgend etwas tun, das ich auch tun muß.

Ich sehe doch auf. Sie steht da und lächelt. Nun — wenn ich doch den Blick wegwenden könnte! — nun geht sie zur Gardine. Sie nimmt die Schnur ab — rot ist sie, genauso wie die meines Fensters. Sie macht eine Schlinge. Sie hängt die Schnur oben an den Haken des Fensterkreuzes. Sie setzt sich und lächelt.
— Nein, das kann man nicht mehr Angst nennen, was ich empfinde. Es ist eine entsetzliche, beklemmende Furcht, die ich doch nicht eintauschen möchte um nichts in der Welt. Es ist ein Zwang so unerhörter Art, und doch so seltsam wollüstig in seiner unentrinnbaren Grausamkeit.
Ich könnte gleich hinlaufen und das tun, was sie will. Aber ich warte, kämpfe, wehre mich. Ich fühle, wie es immer stärker wird mit jeder Minute —

— — — — — — — — — —

So, ich sitze wieder hier. Ich bin rasch hingelaufen und habe getan was sie wollte: die Schnur genommen, die Schlinge gemacht und an den Haken gehängt —
Und jetzt will ich nicht mehr aufsehen, ich will nur hierhin auf das Papier starren. Denn ich weiß, was sie tun wird, wenn ich jetzt wieder

sie ansehe — — jetzt in der sechsten Stunde des vorletzten Wochentages. Sehe ich sie, so muß ich tun, was sie will, ich muß dann — —
Ich will sie nicht ansehen — —
Da lache ich — laut. Nein, ich lache nicht, irgend etwas lacht in mir. Ich weiß weshalb: über dieses »Ich will nicht — —«
Ich will nicht und weiß doch ganz sicher, daß ich muß. Ich muß sie ansehen, muß, muß es tun — — — und dann — — das übrige.
Ich warte nur, um diese Qualen noch länger auszudehnen, ja das ist es. Diese atemlosen Leiden, die höchste Wollust sind. Ich schreibe, schnell, schnell, um noch länger hier zu sitzen, um diese Sekunden der Schmerzen auszudehnen, die meiner Liebe Lüste ins Unendliche steigern —
Noch mehr, noch länger — —
Wieder die Angst, wieder! Ich weiß, ich werde sie ansehen, werde aufstehen, werde mich erhängen: *nicht davor fürchte ich mich.* O nein — das ist schön, das ist köstlich.
Aber etwas, irgend etwas anderes ist noch da — *was hernach kommt.* Ich weiß nicht, was es sein wird — aber es kommt, es kommt ganz sicher, ganz sicher. Denn das Glück meiner Qualen ist

so ungeheuer groß — o ich fühle, fühle, daß ihm ein Entsetzliches folgen muß.
Nur nicht denken —
Irgend etwas schreiben, irgend etwas, gleichgültig was. Nur schnell, nur nicht besinnen — — Meinen Namen — Richard Bracquemont, Richard Bracquemont, Richard — — o, ich kann nicht mehr weiter, — Richard Bracquemont — Richard Bracquemont — — jetzt — jetzt — ich muß sie ansehen — — Richard Bracquemont — ich muß — nein, noch mehr — — Richard — Richard Bracque — — —

— — — — — — — — — — — —

— Der Kommissar des IX. Reviers, der auf wiederholtes telephonisches Anläuten keine Antwort erhalten hatte, betrat nun sechs Uhr fünf Minuten das Hotel Stevens. Er fand im Zimmer Nr. 7 die Leiche des Studenten Richard Bracquemont am Fensterkreuze hängen, genau in derselben Lage wie seine drei Vorgänger.
Nur das Gesicht hatte einen anderen Ausdruck; es war in gräßlicher Angst verzerrt, die Augen, weit geöffnet, drangen heraus aus den Höhlen.

Die Lippen waren auseinandergezogen, die starken Zähne fest übereinandergebissen.
Und zwischen ihnen klebte, zerbissen und zerquetscht, eine große, schwarze Spinne, mit merkwürdigen violetten Tupfen.
— Auf dem Tische lag das Tagebuch des Mediziners. Der Kommissar las es und begab sich sofort in das gegenüberliegende Haus. Er stellte dort fest, daß die zweite Etage seit Monaten leer stand und unbewohnt war.

Das weiße Mädchen

Donald McLean erwartete ihn im Kaffeehaus. Als Lothar eintrat, rief er ihn an:
»Endlich. Ich glaubte, Sie würden nicht mehr kommen.«
Lothar setzte sich, er stocherte in der Limonade, die ihm das Mädchen brachte.
»Was gibt es?« fragte er.
McLean bog sich ein wenig vor.
»Es dürfte Sie interessieren«, sagte er. »Sie studieren doch die Verwandlungen Aphroditens? — Nun, Sie könnten vielleicht die Schaumgeborene in einem neuen Gewande sehen.«
Lothar gähnte:
»Ah! — Wirklich?«
»Wirklich«, sagte McLean.
»Erlauben Sie einen Augenblick«, fuhr Lothar fort. »Venus ist Proteus' echte Tochter, aber ich glaube, all ihre Maskeraden zu kennen. Ich war über ein Jahr in Bombay bei Klaus Petersen —«
»Nun?« fragte der Schotte.

»Nun? — Sie kennen also Klaus Petersen nicht? Herr Klaus Petersen aus Hamburg ist ein Talent, ein Genie vielleicht! Der Marschall Gilles de Rais war ein Charlatan — an ihm gemessen!«

Donald McLean zuckte mit den Achseln:

»Das ist nicht die einzige Kunst!«

»Gewiß nicht! Aber warten Sie nur. Oskar Wilde war mein guter Freund, wie Sie wissen. Und Inez Seckel habe ich durch lange Jahre gekannt. Jeder Name sollte Ihnen eine Fülle von Sensationen geben!«

»Doch nicht alle«, warf der Maler ein.

»Nicht alle?« Lothar trommelte auf den Tisch. »Aber die besten wohl! — Also kurz: Ich kenne Venus, die sich in Eros verwandelt, ich kenne die, die den Pelz anzieht und die Geißel schwingt. Ich kenne Venus als Sphinx, die ihre Krallen blutgierig in zartes Kinderfleisch schlägt. Ich kenne die Venus, die sich wollüstig in fauligem Aas wälzt, und ich kenne die schwarze Liebesgöttin, die bei Satansmessen des Priesters ekles Opfer über der Jungfrau weißen Leib spritzt. — Laurette Dumont nahm mich mit in ihren Tierpark, ich weiß was wenige wissen, wie seltene Reize Sodom birgt! Noch mehr, ich habe in Genf der Lady Kathlin McMurdoch Geheimnis gefunden, um das kein anderer lebender Mensch weiß! Ich kenne die verdorbenste Venus, — oder soll ich sagen, die ›reinste‹? — *die die Blumen dem Menschen vermählt!* Glauben Sie immer noch, daß der Liebe Göttin eine Maske wählen könnte, die mir neu wäre?«

McLean schlürfte langsam seine Strega.

»Ich verspreche Ihnen nichts«, sagte er. »Ich weiß nur, daß der Herzog Ettore Aldobrandini seit drei Tagen wieder in Neapel ist. Ich traf ihn gestern auf dem Toledo.«

»Ich würde mich freuen, ihn kennenzulernen«, erwiderte Lothar. »Ich hörte schon oft von ihm, er soll einer von den wenigen Menschen sein, die es verstehen, aus dem Leben eine Kunst zu machen — und die Mittel dazu haben.«

»Ich glaube, man wird Ihnen nicht zu viel erzählt haben«, fuhr der schottische Maler fort. »Sie können sich bald selbst überzeugen: der Herzog gibt übermorgen eine Gesellschaft, ich will Sie einführen!«

»Danke«, sagte Lothar.

Der Schotte lachte.

»Aldobrandini war sehr aufgeräumt, als ich

ihn traf. Dazu kommt, daß die ungewöhnliche Zeit, zu der er mich einlud — fünf Uhr nachmittags — ganz gewiß durch irgend etwas begründet ist. Ich glaube daher, daß der Herzog für seine Freunde eine ganz besondere Überraschung hat; wenn das aber der Fall ist, so können Sie überzeugt sein, daß wir etwas Unerhörtes erleben. Der Herzog geht nie in ausgetretenen Wegen.«

»Hoffen wir, daß Sie recht haben!« seufzte Lothar. »Ich werde also das Vergnügen haben, Sie übermorgen in Ihrer Wohnung abzuholen?«

»Bitte sehr!« entgegnete der Maler.

»Largo San Domenico!« rief McLean dem Kutscher zu. »Palazzo Corigliano!«

Die beiden stiegen die breite Barocktreppe hinauf, ein englischer Diener führte sie in den Salon. Sie fanden sieben oder acht Herrn, alle im Frack; nur ein Priester in violettener Soutane war darunter.

McLean stellte seinen Freund dem Herzog vor, der Lothar die Hand reichte.

»Ich danke Ihnen, daß Sie zu mir gekommen sind«, sagte er mit einem liebenswürdigen Lächeln. »Ich hoffe, Sie werden nicht allzu enttäuscht sein.«
Er verbeugte sich und wandte sich dann mit lauterer Stimme an alle Anwesenden.
»Meine Herrn!« sagte er. »Ich erbitte Ihre Verzeihung, daß ich Sie zu einer so unpassenden Stunde belästigt habe. — Ich befinde mich aber in einer Zwangslage: Das kleine Rehchen, das ich heute Ihnen vorzuführen die Ehre haben werde, ist leider aus einer außerordentlich guten und anständigen Familie. Es kann nur unter großen Schwierigkeiten zu mir hinkommen und muß unter allen Umständen um halb sieben Uhr abends wieder zu Hause sein, damit Mama und Papa und die englische Gouvernante nichts merken. Das aber, meine Herrn, sind Momente, auf die ein Kavalier Rücksicht nehmen muß! — Und nun bitte ich Sie, mich auf wenige Minuten zu entschuldigen, ich habe noch ein paar kleine Vorbereitungen zu treffen. Inzwischen haben Sie wohl die Güte, ein wenig den kleinen Erfrischungen da zuzusprechen!«
Der Herzog winkte seinen Dienern, machte

wieder ein paar Verbeugungen und ging alsdann hinaus.
Ein Herr mit riesigem Viktor-Emanuel-Schnurrbart näherte sich Lothar; es war di Nardis, der politische Redakteur des Pungolo, der unter dem Pseudonym »Fuoco« schrieb.
»Ich wette, wir werden einen arabischen Scherz zu sehen bekommen«, lachte er, »der Herzog ist gerade aus Bagdad zurückgekommen.«
Der Priester schüttelte den Kopf.
»Nein, Don Goffredo«, sagte er, »wir werden ein Stückchen römische Renaissance genießen. Der Herzog studiert seit einem Jahre Valdominis Geheimgeschichte der Borgia, die ihm nach langem Betteln der Direktor des Reichsarchives in Severino e Sosio geliehen hat.«
»Nun, wir werden ja sehen«, sagte McLean. »Wollen Sie mir derweil zu morgen die Renntips geben, die Sie mir versprachen?«
Der Redakteur zog sein Notizbuch heraus und vertiefte sich mit dem Priester und dem schottischen Maler in ein eingehendes Turfgespräch.
Lothar aß langsam Orangeeis von einem Kristallteller. Er betrachtete das hübsche goldene Löffelchen, das das Wappen der Aldo-

brandini zeigte, den gezackten Querbalken zwischen sechs Sternen.
Nach einer halben Stunde schlug ein Diener die Vorhänge zurück.
»Der Herr Herzog läßt bitten!« rief er. Er führte die Herren durch zwei kleine Zimmer, dann öffnete er eine Doppeltüre, ließ alle eintreten und schloß schnell hinter ihnen. Sie befanden sich in einem großen, sehr langen Raume, der nur ganz schwach erleuchtet war. Den Boden deckte ein weinroter Teppich, die Fenster und Türen waren durch schwere Vorhänge von derselben Farbe verhangen, in der auch die Decke gemalt war. Die Wände, die völlig leer waren, trugen ebenfalls eine weinrote Stofftapete; mit dem gleichen Stoffe waren die wenigen Sessel, Diwane und Longchairs umkleidet, die an den Wänden herumstanden.
Das hintere Ende des Zimmers war völlig verdunkelt, mit Mühe konnte man dort einen großen Flügel erkennen, über dem eine schwere rote Decke lag.
»Ich bitte die Herrn, Platz zu nehmen«, rief der Herzog. Er selbst setzte sich und die übrigen folgten seinem Beispiele. Der Diener trat

rasch von einem der goldenen Wandleuchter zum anderen und löschte die wenigen Kerzen.
Als der Raum ganz finster war, hörte man einen schwachen Akkord vom Klavier her. Leise flog eine Folge rührender Klänge durch den Saal.
»Palestrina«, murmelte der Priester leise. »Sie sehen, daß Sie unrecht hatten mit Ihren arabischen Vermutungen, Don Goffredo.«
»Nun«, antwortete der Redakteur ebenso leise, »haben Sie vielleicht besser geraten, als Sie an Cesare Borgia dachten?«
Man hörte übrigens, daß das Instrument ein altes Spinett war. Die einfachen Töne erweckten eine seltsame Sensation in Lothar, er sann nach, aber er konnte nicht recht herausfinden, was es eigentlich war. Jedenfalls war es etwas, das er lange nicht empfunden hatte.
Di Nardis beugte sich zu ihm hin, daß der lange Schnurrbart seine Wange kitzelte.
»Ich habe es!« raunte er ihm ins Ohr. »Ich wußte gar nicht, daß ich noch so naiv sein könne!«
Lothar fühlte, daß er recht hatte.
Nach einer Weile brannte der stille Diener

zwei Kerzen an. Ein matter, fast unheimlicher Schimmer fiel durch den Saal.
Die Musik ging weiter —
»Und trotzdem« — flüsterte Lothar seinem Nachbar zu, »und trotzdem liegt eine seltsame Grausamkeit in den Tönen. Ich möchte sagen, eine unschuldige Grausamkeit.«
Der stille Diener brannte wieder ein paar Kerzen an. Lothar starrte in die rote Farbe, die den ganzen Raum wie ein blutiger Nebel erfüllte — Diese Blutfarbe erstickte ihn fast. Seine Seele klammerte sich an die Töne, die in ihm die Empfindung eines mattleuchtenden Weiß erweckten. Aber das Rot drängte sich vor, gewann die Oberhand: immer mehr Kerzen brannte der stille Diener an.
»Das ist nicht mehr zu ertragen«, hörte Lothar den Redakteur neben sich zwischen den Zähnen murmeln.
Jetzt war der Saal halb erhellt. Das Rot schien alles drückend zu decken und das Weiß der unschuldigen Musik wurde schwächer — schwächer —
Da trat hinten an dem Spinett vorbei eine Gestalt hervor, ein junges Mädchen, in ein großes, weißes Tuch gehüllt. Es schritt langsam mitten

in den Saal, eine leuchtende weiße Wolke in der roten Glut.

Dann blieb das Mädchen stehen. Es bog die Arme auseinander, daß das Foulardtuch rings herunterfiel. Wie stumme Schwäne küßte das Tuch ihre Füße, aber das Weiß des nackten Mädchenleibes leuchtete noch mehr.

Lothar bog sich zurück, unwillkürlich hob er die Hand an die Augen.

»Das blendet fast«, hauchte er.

Es war ein junges, kaum entwickeltes Mädchen, von einer entzückenden, knospenden Unreife. Eine souveräne, keines Schutzes bedürfende Unschuld und wieder ein sicheres Versprechen, das einen maßlosen Wunsch auf Erfüllung wachrief. Die blauschwarzen Haare, in der Mitte gescheitelt, wellten sich über die Schläfen und Ohren, um hinten in schwerem Knoten sich zu schließen. Die großen, schwarzen Augen blickten gradaus auf die Herren, teilnahmslos, ohne jemanden zu sehen. Sie schienen zu lächeln, wie die Lippen:

ein seltsames, unbewußtes Lächeln grausamster Unschuld.

Und das strahlend weiße Fleisch leuchtete so stark, daß rings alles Rot zurückzuweichen schien. Es klang wie ein Jubeln aus der Musik —

Jetzt erst bemerkte Lothar, daß das Mädchen auf der Hand eine schneeweiße Taube trug. Es bog den Kopf ein wenig hinab und hob die Hand, da streckte die weiße Taube das Köpfchen vor.

Und die Taube küßte das weiße Mädchen. Das streichelte sie, kraulte das Köpfchen und drückte das Tierchen leicht an die Brust. Die weiße Taube hob ein wenig die Flügel und schmiegte sich eng, eng an das leuchtende Fleisch.

»Selige Taube!« flüsterte der Priester.

Da hob — mit einer plötzlichen, raschen Bewegung das weiße Mädchen die Taube mit beiden Händen in die Höhe, grad über den Kopf. Es warf den Kopf weit in den Nacken, und dann, dann riß es mit einem starken Ruck die weiße Taube mitten auseinander. Das rote Blut floß hinab, ohne das Gesicht mit einem Tropfen zu berühren, in langen Strömen über Schultern und Brust, über den strahlenden Leib des weißen Mädchens.

Ringsherum schob sich das Rot zusammen, es war, als ob das weiße Mädchen in einem gewaltigen Blutbade unterginge. Zitternd, hilfesuchend kauerte es sich nieder. Da kroch von allen Seiten die wollüstige Glut heran, der Boden öffnete sich wie ein Feuerdrachen; das schreckliche Rot verschlang das weiße Mädchen —

In der nächsten Sekunde hatte sich die Versenkung wieder geschlossen. Der stille Diener riß die Vorhänge zurück und führte die Herrn schnell in die vorderen Zimmer.

Niemand schien Lust zu haben, ein Wort zu sprechen. Schweigend ließen sie sich ihre Mäntel geben und gingen hinunter. Der Herzog war verschwunden.

»Meine Herrn!« sagte auf der Straße der Redakteur des Pungolo zu Lothar und dem schottischen Maler. »Wollen wir auf Bertolinis Terrasse zu Abend speisen?«

Die drei fuhren hinauf. Schweigend tranken sie den Champagner, schweigend starrten sie auf das grausamschöne Neapel, das die letzte Abendsonne in leuchtende Gluten tauchte.

Der Redakteur zog ein Notizbuch heraus und schrieb ein paar Zahlen auf.
»Achtzehn = Blut, vier = Taube, einundzwanzig = Jungfrau«, sagte er. »Ein schönes Terno, ich werde es diese Woche im Lotto setzen!«

Die Topharbraut

Zimmer suchen! Das ist so eine der unangenehmsten Beschäftigungen. Treppauf, treppab, aus einer Straße in die andere, immer dieselben Fragen und Antworten, — o du arme Seele!
Seit zehn Uhr war ich unterwegs, nun wars drei mittlerweile. Müde wie ein Karussellpferd natürlich.
Also noch mal hinauf, drei Stockwerk.
»Ich möchte die Zimmer sehen.«
»Bitte.«
Die Frau führte mich durch den dunklen Gang, dann öffnete sie eine Türe.
»Hier.«
Ich trat hinein. Das Zimmer war groß, geräumig und nicht allzu erbärmlich möbliert. Diwan, Schreibtisch, Schaukelstuhl, alles war da.
»Wo ist das Schlafzimmer?«
»Die Tür links.«
Die Frau öffnete und zeigte mir den Raum.

Ein englisches Bett sogar! Ich war entzückt.
»Der Preis?«
»Sechzig Mark monatlich.«
»Schön. Wird Klavier gespielt hier? Sind kleine Kinder da?«
»Nein, ich habe nur eine Tochter, die in Hamburg verheiratet ist. Klavier wird auch nicht gespielt, nicht einmal unten.«
»Gott sei Dank!« sagte ich. »Also ich miete die Zimmer.«
»Wann wollen Sie einziehen?«
»Wenn es geht, heute noch.«
»Gewiß geht es.«
Wir traten wieder in das Wohnzimmer. Da war gerade gegenüber noch eine Tür.
»Sagen Sie mal«, fragte ich die Frau, »wohin führt diese Türe?«
»Da sind noch ein paar Zimmer.«
»Bewohnen Sie die?«
»Nein, ich wohne nach der andern Seite. — Die Zimmer sind augenblicklich leer, sie sollen noch vermietet werden.«
Mir ging ein Licht auf.
»Aber die Zimmer da haben doch hoffentlich einen besonderen Ausgang zum Korridor?«
»Leider nein! — Der Herr Doktor müßte schon

erlauben, daß der andere Mieter hier durchgehen kann.«
»Was?« schrie ich. »Ich danke schön! Ich soll Wildfremde durch mein Zimmer gehen lassen — das wäre ja noch schöner!«
Also deshalb war der Mietpreis so gering! Wirklich rührend!! Ich war wütend zum Platzen, aber dabei so müde von all dem Laufen, daß ich nicht einmal ordentlich schimpfen konnte.
»Nehmen Sie doch alle vier Zimmer!« sagte die Frau.
»Ich brauche nicht vier Zimmer!« brüllte ich. »Der Teufel soll Sie holen!«
In diesem Augenblick schellte es, die Frau ging hinaus, um zu öffnen und ließ mich stehen.
»Sind hier die möblierten Zimmer zu vermieten?« hörte ich.
Aha! Das ist schon wieder einer, dachte ich. Und ich freute mich darauf, was dieser Herr wohl zu der netten Zumutung der Frau sagen würde. Ich trat rasch in das Zimmer nach rechts, dessen Türe halb offenstand. Es war ein mittelgroßer Raum, zugleich als Schlaf- und Wohnzimmer eingerichtet. Eine schmale Türe an der andern Seite führte in ein kleines, leeres Zim-

merchen, das spärlich durch ein winziges Fenster erhellt wurde. Dies, wie auch die übrigen Fenster der Wohnung, gingen auf einen großen, prächtigen Parkgarten, einen der wenigen, die Patrizierstolz in Berlin noch leben läßt.

Ich ging wieder zurück, nun waren die Vorfragen wohl erledigt, jetzt bekam der Herr die Kehrseite der Medaille zu sehen!

Aber ich irrte mich. Ohne nach dem Preise zu fragen, erklärte er, er könne die Zimmer nicht gebrauchen.

»Ich habe noch zwei andere Zimmer«, sagte die Frau.

»Wollen Sie mir die zeigen?«

Die Wirtin und der fremde Herr traten herein. Er war klein, in kurzem, schwarzem Rock. Blonder Vollbart und Brille. Er sah recht unscheinbar aus; so einer, an dem man immer vorbeigeht.

Ohne mich weiter zu beachten, zeigte ihm die Frau diese beiden Zimmer. Für das größere hatte der Herr gar kein Interesse, dagegen besichtigte er recht genau den kleinen Nebenraum, der ihm sehr zu gefallen schien. Und als er bemerkte, daß die Fenster kein Gegenüber

hatten, huschte ein zufriedenes Lächeln über sein vertrocknetes Gesicht.
»Diese beiden Zimmer möchte ich mieten«, erklärte er.
Die Frau nannte den Preis.
»Gut!« sagte der Herr, »ich werde heute noch meine Sachen herschaffen lassen.«
Er grüßte und wandte sich zum Gehen.
»Wo gehts hinaus?«
Die Frau machte ein verzweifeltes Gesicht.
»Sie müssen durch das vordere Zimmer.«
»Was?« sagte der Herr. »Diese Zimmer haben keinen besonderen Eingang? — Ich soll immer durch ein fremdes gehen?!«
»Nehmen Sie doch alle vier Zimmer!« jammerte die Frau.
»Aber das ist mir viel zu teuer, vier Zimmer. — Herrgott, jetzt kann die Lauferei wieder von vorne anfangen!«
Der armen Frau liefen dicke Tränen über die Backen.
»Ich werde die Zimmer nie vermieten«, sagte sie. »Es waren wohl hundert Herren da in den letzten vierzehn Tagen, allen gefiel die Wohnung, aber alle gingen wieder fort, weil der dumme Baumeister keine Türe hier nach dem

Gange gemacht hat. — Der Herr wäre auch sonst geblieben!«
Sie wies auf mich und trocknete sich derweil die Augen mit der Schürze.
»Sie wollen auch diese Zimmer mieten?« fragte der Herr.
»Nein, die beiden andern. Aber ich bedanke mich natürlich für die Annehmlichkeit, andauernd fremde Leute durch mein Zimmer marschieren zu lassen. — Übrigens können Sie sich trösten: ich bin auch schon seit zehn Uhr früh auf dem Trab.«
Die kurze Unterhaltung gab der Wirtin wieder einen Hoffnungsschimmer.
»Die Herren verstehen sich doch so gut«, sagte sie. »Wäre es denn nicht möglich, daß die Herren zusammen die vier Zimmer nähmen?«
»Ich danke sehr!« sagte ich. Der Herr sah mich aufmerksam an, dann trat er auf mich zu.
»Ich bin die Sucherei herzlich müde«, sagte er, »und diese beiden Zimmer passen mir vorzüglich. Wie wäre es, wenn wir einen Versuch machten?«
»Ich kenne Sie ja nicht einmal«, rief ich entrüstet.
»Fritz Beckers heiße ich, ich bin sehr ruhig und

werde Sie kaum stören. Wenns Ihnen nicht paßt, können Sie ja jederzeit gehen, es ist ja keine Heirat.«

Ich antwortete nicht. Er fuhr fort:

»Ich mache Ihnen folgenden Vorschlag. Der Gesamtpreis ist neunzig Mark, davon zahlen wir jeder die Hälfte. Ich nehme diese beiden Räume, Sie nehmen die beiden andern. Nur muß ich freies Durchgangsrecht haben und außerdem möchte ich morgens in Ihrem Wohnzimmer meinen Kaffee nehmen; ich frühstücke nicht gerne im Schlafzimmer!«

»So gehen Sie doch in den kleinen Raum da.«

»Den brauche ich für — andere Zwecke. — Ich versichere Ihnen nochmals, ich werde Ihnen in keiner Weise lästig fallen.«

»Nein!« sagte ich.

»Na —« erwiderte Herr Beckers, »dann ist freilich nichts zu machen! Dann bleibt uns beiden nichts anderes übrig, als von neuem auf die Jagd zu gehen.«

Noch einmal treppauf, treppab —? Lieber Steine klopfen!

»Bleiben Sie!« rief ich ihm zu. »Ich wills mit Ihnen versuchen!«

»Also gut!«

Die Wirtin strahlte:
»Das ist ein Glückstag heute.«
Ich schrieb ihr einen Zettel und bat sie, durch ein paar Dienstleute meine Koffer und Kisten holen zu lassen; dann verabschiedete ich mich. Ich fühlte einen Mordshunger und wollte irgendwo Mittagbrot speisen.
Schon auf der Treppe tat mir mein Entschluß wieder leid. Am liebsten wäre ich umgekehrt und hätte die Sache rückgängig gemacht.
Auf der Straße traf ich Paul Haase.
»Wohin?« fragte ich.
»Ick habe keene Bleibe. — Ick suche.«
Da war ich ordentlich froh, daß ich doch wenigstens eine »Bleibe« hatte. Ich ging mit dem Maler in ein Gasthaus, wir speisten sehr ausführlich.
»Kommen Se heute abend mit zu Griebeln sein Atelierfest«, schlug er vor. »De Luxen ist ooch da. Ick komm Se abholen!«
»Gut«, sagte ich.
Als ich in meine neue Wohnung kam, waren die Koffer gerade angekommen. Die Dienstmänner und die Wirtin halfen mir; in ein paar Stunden war alles umgekrempelt, die Öldrucke und Nippfiguren waren hinausbefördert und

die Zimmer hatten schon etwas von dem Charakter ihres Bewohners angenommen.
Es klopfte, der Maler trat ein:
»Na, det sieht ja schon janz vernünftig hier aus«, meinte er. »Aber nu kommen Se man, et is schon neun Uhr!«
»Was?« Ich sah auf die Uhr, er hatte recht.
In diesem Augenblick klopfte es wieder.
»Herein!«
»Entschuldigen Sie, ich bins.« Herr Beckers trat ein, hinter ihm schleppten zwei Dienstleute mächtige Kisten.
»Wer war det denn?« fragte Paul Haase, als wir in der Straßenbahn saßen.
Ich erzählte ihm mein Mietsgeheimnis.
»Da haben Se sich ja scheen in die Brennesseln gesetzt! — Übrigens: wir müssen hier aussteigen.«
Es war ziemlich spät, als ich am andern Morgen aufstand. Als die Wirtin den Tee brachte, fragte ich, ob denn der Herr Beckers schon gefrühstückt habe.
»Schon um halb acht«, antwortete sie.
Das war mir sehr angenehm. Wenn er immer so früh aufstand, würde er mir wenig lästig fallen.

Und in der Tat: ich sah ihn überhaupt nicht. Vierzehn Tage war ich schon in der neuen Wohnung und hatte meinen Mitmieter fast vollständig vergessen.
Eines Abends gegen zehn Uhr klopfte es an der Zwischentüre. Auf mein Herein öffnete Fritz Beckers und kam ins Zimmer.
»Guten Abend! Störe ich Sie?«
»Nicht im geringsten. Ich bin gerade mit meiner Schreiberei fertig.«
»Darf ich also ein wenig zu Ihnen kommen?«
»Bitte sehr! Aber unter einer Bedingung: Sie rauchen da eine lange Pfeife und die kann ich in der Seele nicht vertragen. Zigarren oder Zigaretten stehen zu Ihrer Verfügung.«
Er ging in sein Zimmer zurück und ich hörte, wie er aus dem Fenster den Pfeifenkopf ausklopfte. Dann kam er wieder und schloß die Türe hinter sich. Ich schob ihm den Zigarrenkasten hin.
»Bitte bedienen Sie sich.«
»Danke sehr! — Können Sie eine kurze Pfeife auch nicht vertragen?«
»Doch, sehr gut.«
»So erlauben Sie, daß ich mir eine stopfe.«

Er zog eine kurze, englische Pfeife aus der Tasche, füllte sie und brannte sie an.
»Ich störe doch wirklich nicht?« fragte er noch einmal.
»Aber ganz und gar nicht. Ich bin in meiner Arbeit an einen toten Punkt gelangt und muß wohl oder übel aufhören. Ich gebrauche die Schilderung einer Osirisfeier; ich will morgen einmal zur Bibliothek, da werde ich schon was finden.«
Fritz Beckers lächelte:
»Vielleicht kann ich Ihnen helfen.«
Ich stellte einige Fragen, die er mir verblüffend gut beantwortete.
»Sie sind Orientalist, Herr Beckers?«
»Ein wenig«, antwortete er.
Von jenem Tage an sah ich ihn zuweilen. Meistens am späten Abend kam er zu mir, noch ein Glas Grog zu trinken; manchmal rief ich ihn auch. — Wir unterhielten uns sehr gut über alles mögliche; Fritz Beckers schien auf allen Gebieten sattelfest. Nur über sich selbst vermied er jedes Wort.
Er war ein wenig geheimnisvoll. Vor die Türe, die zu meinem Zimmer führte, hatte er einen schweren persischen Teppich gehängt, der fast

jedes Geräusch unhörbar machte. Wenn er ausging, schloß er die Türe fest zu und die Wirtin durfte nur morgens früh hinein, um das Zimmer zu machen, während er in meinem Zimmer frühstückte. Wenn Samstags reingemacht wurde, blieb er stets zugegen, setzte sich in einen Sessel und rauchte seine Pfeife, bis die Wirtin fertig war. Dabei war auch nicht das geringste in seinem Zimmer, das irgendwie auffällig gewesen wäre. Freilich, hinten der kleine Raum, der mochte alles mögliche beherbergen. Auch diese Türe war mit schweren Vorhängen verhangen; dabei hatte er zwei starke Eisenstäbe anbringen lassen, die mit amerikanischen Buchstabenschlössern angeschlossen waren.

Die Wirtin war natürlich furchtbar neugierig auf diesen geheimnisvollen Raum, in dem er den ganzen Tag arbeitete. Eines schönen Tages war sie in den großen Park gegangen; sie hatte mit vieler Mühe die Bekanntschaft des Gärtners gemacht, nur um einmal nach dem kleinen Fenster hinaufsehen zu können.

Vielleicht sah sie was!

Aber sie sah gar nichts. Das Fenster war ausgehangen, um mehr frische Luft hineinzulassen,

die Öffnung aber war mit einem schwarzen Tuche verhangen.
Bei Gelegenheit stellte ihn die Frau zur Rede.
»Warum haben Sie eigentlich das kleine Fenster immer verhangen, Herr Beckers?«
»Ich liebe es nicht, daß man mich beobachtet bei meiner Arbeit.«
»Aber Sie haben ja kein Gegenüber, es kann doch gar niemand hineinschauen!«
»Und wenn jemand auf eine der großen Ulmen klettern würde?«
Starr vor Staunen erzählte mir die Frau dieses Gespräch. War das ein geheimnisvoller Mensch, der an solche Möglichkeiten dachte!
»Er ist vielleicht ein Falschmünzer!« sagte ich.
Von dem Tage an wurde jede Mark und jeder Groschen, die aus Herrn Beckers Händen kamen, genau untersucht. Die Frau ließ sich absichtlich ein paarmal Scheine von ihm wechseln und trug alles Geld, das er ihr gab, zu einem befreundeten Bankbeamten. Es wurde mit der Lupe untersucht, aber nie war ein falsches Stück darunter. Außerdem erhielt Herr Beckers an jedem Ersten zweihundert Mark durch den Briefträger, und es lag auf der Hand, daß er nicht einmal diese Summe aus-

gab. — Mit der Falschmünzerwerkstatt war es also nichts.

Verkehr hatte Herr Beckers überhaupt nicht. Ab und zu erhielt er große und kleine Kisten von allen möglichen Formaten, immer durch Dienstleute überbracht. Was darin war, konnte die Frau trotz aller Mühe nicht herausfinden; Beckers schloß sich ein, nahm den Inhalt heraus und gab ihr die alten Kisten als Brennholz.

Eines Nachmittags war meine kleine Freundin bei mir. Ich saß am Schreibtisch, sie lag auf dem Diwan und las.

»Du, es hat schon ein paarmal geschellt!«

»Schad't nichts!« brummte ich.

»Aber es wird nicht aufgemacht.«

»Schad't auch nichts!«

»Vielleicht ist deine Wirtin nicht da?«

»Nein, sie ist ausgegangen.«

In diesem Augenblick schellte es wieder, sehr energisch.

»Soll ich aufmachen?« fragte Änny, »am Ende ists was für dich!«

»Wenns dir Spaß macht! Aber sei vorsichtig.«

Sie sprang auf.

»Hab keine Angst«, sagte sie, »ich sehe erst durch das Guckloch.«

Nach ein paar Minuten kam sie zurück.
»Es ist ein Paket für dich. Gib mal ein paar Groschen, ich muß dem Mann doch ein Trinkgeld geben.«
Ich gab ihr das Geld, der Dienstmann stellte eine viereckige Kiste ins Zimmer, bedankte sich und ging.
»Wir wollen gleich sehen, was es ist!« rief Änny und klatschte in die Hände.
Ich stand auf und sah die Kiste an. Es war keine Adresse darauf.
»Ich wüßte wirklich nicht, von wem das sein könnte«, sagte ich, »vielleicht ists ein Irrtum.«
»Wieso?« rief Änny. »Der Mann hatte doch einen Zettel, darauf stand: Winterfeldstraße 24 dritte Etage bei Frau Paulsen. Außerdem sagte er: für den Herrn Doktor! Das bist du doch!«
»Ja!« sagte ich. Weiß der Kuckuck, daß ich gar nicht an Beckers dachte.
»Also geh! Wir wollen die Kiste aufmachen. Es ist sicher was zu essen drin.«
Ich probierte mit einem alten Dolchmesser den Deckel aufzubrechen. Aber die Klinge zerbrach. Ich schaute umher, nirgends war ein Instrument, das ich hätte benutzen können.
»Es geht nicht«, sagte ich.

»Bist du dumm!« lachte die Kleine. Dann lief sie in die Küche und kam gleich darauf mit Hammer, Zange und Stemmeisen wieder.
»Das lag in der Schublade im Küchentisch. — Du weißt auch gar nichts!«
Sie kniete und machte sich an die Arbeit. Aber es war nicht so leicht, der Deckel saß fest auf. Ihre bleichen Wangen röteten sich und das Herz pochte hörbar an das Mieder.
»Da, nimm du!« sagte sie und preßte die kleinen Hände auf die Brust. »— Ah! das dumme Herz!«
Sie war das lustigste Spielzeug von der Welt, aber so zerbrechlich. Man mußte sich höllisch mit ihr in acht nehmen. Ihr Herz war arg in Unordnung.
Ich zog ein paar Nägel heraus und hob den Deckel. Krach! Nun sprang er los. Oben lagen Sägespäne; Änny griff rasch mit den Händchen hinein. Währenddessen wandte ich mich, um das Werkzeug auf den Tisch zu legen.
»Ich hab's schon«, rief sie. »Es ist was Weiches!«
Plötzlich schrie sie jämmerlich, sprang auf und fiel nach hinten. Ich fing sie auf und trug sie auf den Diwan, sie lag in tiefer Ohnmacht. Ich riß

ihr schnell die Bluse auf und löste das Mieder, ihr armes Herzchen hatte wieder einmal ausgesetzt. Ich nahm Eau de Cologne und wusch Schläfen und Brust, ganz allmählich fühlte ich wieder ein leises Schlagen.

Indessen hörte ich draußen einen Schlüssel in der Flurtüre drehen und gleich darauf klopfte es.

»Wer ist da?«

»Ich bins.«

»Kommen Sie nur durch!« rief ich, und Beckers trat ein.

»Was ist denn los?« fragte er.

Ich erzählte ihm, was vorgefallen war.

»Die ist ja für mich, die Kiste!« sagte er.

»Für Sie? Ja, was ist denn eigentlich drin, daß die Kleine so erschreckt war?«

»Oh, nichts Besonderes.«

»Tote Katzen sind drin!« schrie Änny, die aus ihrer Ohnmacht erwachte. »Die ganze Kiste ist voll toter Katzen!«

Fritz Beckers nahm den Deckel, um ihn wieder auf die Kiste zu legen; ich ging hin und warf schnell einen Blick hinein. Wahrhaftig, da waren tote Katzen drin, obenauf lag ein starker schwarzer Kater.

»Zum Kuckuck, was wollen Sie denn mit dem Viehzeug?«

Fritz Beckers lächelte, dann sagte er ganz langsam:

»Wissen Sie, man sagt, daß Katzenfelle sehr gut für Gicht und Rheumatismus seien. Ich habe eine alte Tante in Usedom, die sehr leidend ist: der will ich die Katzenfelle schicken!«

»Ihre häßliche alte Tante in Usedom ist sicher des Teufels Großmutter!« rief Änny, die schon wieder aufrecht im Sofa saß.

»Glauben Sie?« sagte Fritz Beckers. Dann machte er eine verbindliche Verbeugung, nahm die Kiste auf und ging in sein Zimmer.

Etwa eine Woche später kam wieder ein Paket für ihn an, diesmal mit der Post. Die Wirtin brachte es durch mein Zimmer und winkte mir rasch zu. Als sie aus seinem Zimmer herauskam, trat sie zu mir und zog einen Zettel aus der Tasche, den sie mir gab.

»Das ist darin«, erklärte sie, »ich habe die Postdeklaration abgeschrieben.«

Das Paket war aus Marseille und enthielt zwölf Kilo — Moschus! Genug, um alle Priesterinnen der Venus vulgivaga in ganz Berlin auf zehn Jahre zu versorgen!

Wirklich, ein merkwürdiger Mensch war er, dieser Herr Fritz Beckers!
Ein andermal trat mir die Wirtin ganz aufgeregt entgegen, als ich nach Hause kam und gerade die Haustüre öffnete.
»Heute morgen bekam er eine ganz große Kiste, wohl zwei Meter lang und einen halben Meter hoch. Es war sicher ein Sarg darin!«
Aber Fritz Beckers schickte die Kiste nach wenigen Stunden zum Zerschlagen heraus; und obwohl die Wirtin tagelang beim Aufräumen eifrigst herumguckte, konnte sie auch nicht das Geringste entdecken, was irgendwie mit einem Sarge Ähnlichkeit gehabt hätte.
Allmählich verschwand unser Interesse für Fritz Beckers' Geheimnisse. Er erhielt nach wie vor zuweilen mysteriöse Kisten, meist kleine wie die, in der die toten Katzen waren, ab und zu auch eine lange. Wir gaben es auf, dies Rätsel zu lösen, zumal Fritz Beckers sonst auch nicht das geringste Auffallende hatte. Zuweilen kam er am späten Abend auf ein paar Stunden zu mir; und ich muß sagen, es war ein Vergnügen, mit ihm zu plaudern.
Da passierte mir eine höchst unangenehme Geschichte.

Meine kleine Freundin wurde immer kapriziöser. Wegen ihres kranken Herzchens nahm ich jede Rücksicht auf sie, aber es wurde von Tag zu Tag schlimmer. Den Herrn Fritz Beckers konnte sie nun auf den Tod nicht ausstehen. Wenn sie mich besuchte und Beckers gerade auf ein paar Minuten hereinkam, so gab es sicher eine Szene, die damit endete, daß Änny in Ohnmacht fiel. Sie fiel in Ohnmacht, wie andere niesen. Sie fiel immer in Ohnmacht, bei jeder Gelegenheit. Sehr häufig auch ohne Gelegenheit. Und diese Ohnmachten wurden immer länger und beängstigender, stets fürchtete ich, daß sie mir unter den Händen wegsterben würde. Das arme liebe Ding!

Eines Nachmittags kam sie an, lachend und vergnügt.

»Die Tante ist nach Postdam«, rief sie, »ich kann bis elf Uhr bei dir bleiben!«

Sie kochte Tee, dann setzte sie sich auf meine Knie.

»Laß mal lesen, was du geschrieben hast!«

Sie nahm die Blätter und las. Sie war sehr zufrieden und gab mir einen großen Kuß. Unsere kleinen Freundinnen sind doch unser dankbarstes Publikum.

Sie war so fröhlich und gesund heute.
»Du, ich glaube, es geht viel besser mit meinem dummen Herzen. Es klopft ganz ruhig und regelmäßig.«
Sie nahm meinen Kopf in beide Hände und drückte mein Ohr an ihr Herzchen, um mich hören zu lassen.
Abends machte sie den Speisezettel. Sie schrieb alles auf: Brot, Butter, Schinken, Frankfurter Würstchen und Eier. Dann schellte sie der Wirtin.
»So! Gehen Sie uns das holen!« befahl sie. «Aber sehen Sie zu, daß Sie gute Ware bekommen!«
»Sie werden nicht klagen, Fräuleinchen, ich werde alles fein besorgen«, antwortete die Frau. Und sie strich mit der schwieligen Hand liebkosend über Ännys Seidenärmel. —
Ich finde, alle Berliner Wirtinnen sind begeistert von den Freundinnen ihrer Mietsherren.
»Ach, ist es nett heute bei dir!« lachte Änny. »Wenn nur der gräßliche Beckers nicht kommt!«
Und da war er auch schon. Tack, tack — Herein! — »Ich störe?«

»Ja, natürlich stören Sie! Sehen Sie das denn nicht?« rief Änny.
»Ich ziehe mich gleich wieder zurück.«
»Ach, Sie haben uns ja schon gestört. Wenn Sie nur schon Ihren Kopf hineinstecken, wird's ungemütlich. Gehen Sie doch, gehen Sie doch endlich! Worauf warten Sie denn noch? Sie — Katzenmörder!«
Beckers hatte schon die Klinke in der Hand, um wieder hinauszugehen, er war nicht eine Minute im Zimmer gewesen, Änny aber war es schon viel zu lange. Sie sprang auf, ihre weißen Finger faßten die Tischkante.
»Siehst du denn nicht, daß er mit Gewalt dableiben will, der Mensch! Wirf ihn doch hinaus. Beschütze mich doch, schlag ihn doch, den häßlichen Hund!«
»Bitte, gehen Sie!« sagte ich zu Beckers.
Er stand in der Türe und warf Änny noch einen Blick zu. Einen langen, seltsamen Blick.
Die Kleine wurde wie rasend.
»Hinaus, hinaus, du Hund!« schrie sie. »Hinaus!«
Ihre Stimme schlug um, die Augen traten weit aus den Höhlen. Langsam lösten sich die krampfhaft geschlossenen Finger von der Tisch-

kante: sie fiel steif hintenüber auf den Diwan. »Da haben wir's!« rief ich. »Wieder mal ohnmächtig. Es wird unerträglich mit ihrem Herzen. — Entschuldigen Sie, Herr Beckers, sie ist arg krank, die arme Kleine!«
Wie gewöhnlich öffnete ich Bluse und Mieder und begann, sie mit Eau de Cologne zu reiben. Aber es half nichts. Sie blieb starr da liegen.
»Beckers!« rief ich, »bitte holen Sie mal den Essig aus der Küche.«
Er brachte ihn, aber auch diese Einreibungen nutzten gar nichts.
»Warten Sie«, rief er, »ich habe etwas anderes.«
Er ging in sein Zimmer und kam mit einer bunten Schachtel zurück.
»Halten Sie sich das Taschentuch vor die Nase«, sagte er. Dann nahm er ein Stück persischen Kampfers aus der Schachtel, das er dem Mädchen unter die Nase hielt. Es roch so scharf, daß mir die Tränen von den Wangen liefen.
Änny zuckte, ein minutenlanger, heftiger Krampf schüttelte ihren ganzen Körper.
»Gott sei Dank, es hilft!« rief ich.
Sie richtete sich halb auf, die Augen öffneten sich weit. Da erblickte sie über sich Beckers Ge-

sicht. Ein gräßlicher Schrei entfuhr ihren blauen Lippen, sogleich fiel sie wieder zurück.
»Eine neue Ohnmacht! Hol's der Kuckuck!«
Wieder versuchten wir alle Mittel, die wir wußten, Wasser, Essig, Eau de Cologne. Wir hielten ihr den persischen Kampfer dicht unter die Nase, dessen beißender Geruch eine Marmorstatue niesen gemacht hätte. — Sie blieb leblos.
»Donnerwetter! Eine schöne Geschichte!«
Ich legte mein Ohr an ihre Brust, ich konnte auch nicht das geringste Klopfen wahrnehmen. Auch die Lungen arbeiteten nicht mehr. Ich nahm einen Handspiegel und hielt ihn dicht vor die offenstehenden Lippen, kein leiser Hauch trübte ihn.
»Ich glaube —« sagte Beckers, »ich glaube —.«
Dann unterbrach er sich: »Wir wollen Ärzte holen.«
Ich sprang auf:
»Ja, natürlich! Sofort! Im Hause gegenüber wohnt einer, gehen Sie dahin. — Ich laufe um die Ecke zu meinem Freunde, dem Doktor Martens; er ist sicher zu Hause.«
Wir stürzten zusammen die Treppe hinunter. Ich hörte noch, wie Beckers an dem Hause gegenüber heftig schellte. Ich lief so rasch ich

konnte; endlich war ich an Dr. Martens Wohnung und drückte auf den Knopf. Es kam niemand. Ich schellte noch einmal. Schließlich drückte ich den Finger auf den Knopf, ohne loszulassen. — Immer noch niemand? Es war mir, als ob ich schon tausend Jahre da stände.
Endlich kam Licht. Dr. Martens kam selbst, nur im Hemde und in Pantoffeln.
»Na, Sie machen aber einen Radau?«
»Wenn man so lange warten muß!«
»Entschuldigen Sie, das Mädchen ist fort, ich war ganz allein und bei der Toilette, wie Sie sehen. Ich ziehe mich gerade für eine Gesellschaft an. — Na, was gibt's denn?«
»Kommen Sie sofort mit, Doktor! Sofort!«
»So im Hemde? Ich werde doch wenigstens erst eine Hose anziehen können! — Kommen Sie herein, ich werde mich fertig machen und Sie erzählen mir derweil, was los ist!«
Ich folgte ihm ins Schlafzimmer.
»Sie kennen doch die kleine Änny? Ich meine, Sie trafen Sie einmal bei mir? Also —«
Und ich machte ihm Bericht. Endlich, endlich war er fertig — Himmel, jetzt zündet er erst noch eine Zigarre an!
Auf der Straße kam uns Beckers entgegen.

»Ist Ihr Arzt schon oben?« fragte ich ihn.
»Nein, er muß jeden Augenblick kommen. Ich habe ihn hier erwartet.«
Als wir vor dem Hause waren, öffnete sich gegenüber die Haustüre und ein Herr trat heraus. Es war der andere Arzt. Alle vier eilten wir die Treppen hinauf.
»Nun, wo liegt unsere Patientin?« fragte Martens, der zuerst ins Zimmer trat.
»Dort auf dem Diwan«, sagte ich.
»Auf dem Diwan? — Da liegt niemand!«
Ich trat heran — Änny war nicht mehr da. Ich war sprachlos.
»Vielleicht ist sie aufgewacht aus ihrer Ohnmacht und hat sich nebenan aufs Bett gelegt«, meinte der andere Arzt.
Wir gingen ins Schlafzimmer, niemand war da; auch war das Bett völlig unberührt. Wir gingen in Beckers Zimmer; auch dort war sie nicht. Wir suchten in der Küche, in den Zimmern der Wirtin, überall in der ganzen Etage, sie war verschwunden.
Martens lachte: »Na, Sie haben sich mal unnütz aufgeregt! — Sie ist ruhig nach Hause gegangen, während Sie uns harmlosen Bürgern Ihre Mordgeschichten erzählten.«

»Aber dann hätte sie Beckers ja sehen müssen, er war doch die ganze Zeit über unten auf der Straße.«

»Ich bin auf und ab gegangen«, sagte Beckers, »es wäre nicht unmöglich, daß sie vielleicht hinter meinem Rücken aus dem Hause geschlüpft wäre.«

»Aber es ist ganz unmöglich!« rief ich. »Sie lag ganz steif und starr, das Herz klopfte nicht mehr, die Lungen hatten ausgesetzt. Da kann niemand, so mir nichts dir nichts, aufstehen und gemütlich nach Hause gehen!«

»Sie hat Ihnen was vorgespielt, Ihre Kleine, und hat sich ins Fäustchen gelacht, als Sie verzweifelt die Treppen hinunterstürzten, um Hilfe zu holen.«

Die Ärzte gingen lachend weg; bald darauf kam die Wirtin zurück.

»Ach, das Fräuleinchen ist schon fort?«

»Ja«, sagte ich, »sie ist nach Hause gegangen. Herr Beckers wird mit mir zu Abend essen. — Darf ich Sie einladen, Herr Beckers?«

»Danke sehr«, sagte er. »Mit Vergnügen.«

Wir aßen und tranken.

»Ich bin wirklich neugierig, wie sich das erklären wird!«

»Werden Sie ihr schreiben?« fragte Beckers.
»Ja, natürlich! Am liebsten möchte ich gleich morgen zu ihr gehen. Ein Vorwand ließe sich schon finden. Wenn ich nur wüßte, wo sie wohnt.«
»Sie wissen nicht, wo sie wohnt?«
»Aber keine Ahnung! Ich weiß ja nicht einmal wie sie heißt. Ich lernte sie vor etwa drei Monaten in der Stadtbahn kennen, dann trafen wir uns ein paarmal im Ausstellungspark. Ich weiß nur, daß sie im Hansaviertel wohnt, keine Eltern hat, aber eine reiche Tante, die höllisch auf sie aufpaßt. Ich nenne sie Änny, weil der Name so nett zu ihrem Persönchen paßt. Aber sie mag eigentlich Ida, Frieda oder Pauline heißen — was weiß ich.«
»Wie korrespondieren Sie denn mit ihr?«
»Ich schrieb ihr — übrigens selten genug — Ännchen Meier — Postamt 28. Eine hübsche Chiffre, was?«
»Ännchen Meier — Postamt 28«, wiederholte Fritz Beckers nachdenklich.
»Na prost, Herr Beckers, auf gute Freundschaft! Wenn Ännchen Sie auch nicht leiden mag, heute abend hat sie Ihnen ja das Feld geräumt.«

»Prosit!« Die Gläser klangen aneinander. Wir tranken und plauderten, und es war sehr spät, als wir uns trennten.
Ich ging in mein Schlafzimmer und trat an das offene Fenster. Der große Garten lag da unten und das Mondlicht spielte auf den Blättern, die ein leiser Wind leicht schaukelte.
Da war es mir, als ob draußen jemand meinen Namen rief. Ich horchte scharf hin, da klang es wieder — *es war Ännys Stimme.*
»Änny!« rief ich durch die Nacht. »Änny!« Es kam keine Antwort.
»Änny!« rief ich noch einmal. »Bist du da unten?«
Keine Antwort. — Wie sollte sie auch in den Park kommen? Und dann um diese Zeit!
Zweifellos — ich war betrunken.
Ich ging zu Bett und schlief im Augenblick. Ganz fest, ein paar Stunden. Dann wurde mein Schlaf unruhig, ich begann zu träumen. Und ich bemerke, daß mir das nur selten, sehr selten vorkommt.
Sie rief mich wieder.
Ich sah Änny daliegen; Beckers beugte sich über sie. Sie riß die entsetzten Augen weit auf, die kleinen Hände hoben sich, um ihn zurückzu-

stoßen. Und die armen, bleichen Lippen bewegten sich, mit unsäglicher Anstrengung drang der Schrei aus ihren Lippen — mein Name.
Ich erwachte. Ich wischte mir den Schweiß von der Stirne und lauschte. Jetzt wieder, ganz leise, aber klar und durchdringend hörte ich sie rufen. Ich sprang auf und eilte ans Fenster.
»Änny! Änny!«
Nein! Alles war still. Schon wollte ich wieder zu Bett gehen, da klang es noch ein letztes Mal, lauter als sonst, wie in wahnsinniger Angst.
Kein Zweifel, das war ihre Stimme! Aber diesmal kam der Ton nicht vom Garten her, es war mir, als ob er irgendwo her aus den Zimmern komme.
Ich steckte die Kerze an und suchte unter dem Bett, hinter den Vorhängen, in den Schränken. Ganz unmöglich, hier konnte niemand verborgen sein. Ich ging ins Wohnzimmer. Nein, sie war nirgends.
Wenn Beckers —? Aber der Gedanke war ja absurd! Trotzdem, was ist unmöglich? Ohne mich lange zu besinnen, ging ich an seine Türe und drehte die Klinke. Sie war verschlossen. Da warf ich mich mit aller Kraft dagegen: das

Schloß zerbrach und die Türe flog weit auf. Ich ergriff das Licht und stürmte hinein.

»Was gibt's denn?« fragte Fritz Beckers.

Er lag in seinem Bett und wischte sich den Schlaf aus den Augen. Meine Vermutung war wirklich kindisch gewesen!

»Entschuldigen Sie meine Albernheiten«, sagte ich. »Ein närrischer Traum ließ mich alle Vernunft verlieren.«

Ich erzählte ihm, was ich geträumt hatte.

»Merkwürdig«, sagte er, »ich habe ganz etwas Ähnliches geträumt.«

Ich sah ihn an, ein überlegener Hohn lag auf seinen Zügen.

»Sie brauchen sich nicht über mich lustig zu machen!« knurrte ich und ging.

Am anderen Morgen schrieb ich ihr einen langen Brief. Fritz Beckers trat herein, als ich gerade die Adresse schrieb, er sah mir über die Schulter und las: »Ännchen Meier. Postamt 28. Lagernd.«

»Wenn Sie nur bald eine Antwort bekommen«, lachte er.

Aber ich bekam keine. Ich schrieb nach vier Tagen noch einmal und ein drittes Mal nach vierzehn Tagen.

Schließlich bekam ich eine Antwort, aber in einer mir gänzlich fremden Handschrift:

> »Ich will nicht, daß Sie noch mehr Briefe von mir in Händen haben, darum diktiere ich diese Zeilen einer Freundin. Ich bitte Sie, mir unverzüglich alle meine Briefe und was Sie sonst an Erinnerungen von mir haben, zurückschicken zu wollen. Den Grund, weshalb ich nichts mehr von Ihnen wissen will, können Sie sich selbst denken: Wenn Sie Ihren ekelhaften Freund mir vorziehen, so gehe ich lieber selbst!«

Eine Unterschrift fehlte, dagegen waren in dem Kuvert meine letzten drei Briefe ungeöffnet beigeschlossen. Ich schrieb ihr noch einmal, aber auch diesen Brief erhielt ich wenige Tage darauf ungeöffnet zurück. So entschloß ich mich denn, packte all die Briefchen, die ich je von ihr empfangen, in ein großes Kuvert, legte die anderen Kleinigkeiten hinzu und sandte es an die postlagernde Adresse.
Als ich abends Beckers davon erzählte, fragte er mich:
»Sie haben alles zurückgesandt?«

»Ja, alles!«
»Gar nichts zurückbehalten?«
»Nein, gar nichts; weshalb fragen Sie?«
»Ich meinte nur. Es ist auch besser so, als sich mit allen möglichen alten Erinnerungen herumzuschleppen.«

Ein paar Monate vergingen, da erklärte Bekkers eines Tages, daß er die Wohnung kündige.
»Sie gehen fort von Berlin?«
»Ja«, antwortete er. »Nach Usedom zu meiner Tante. Ein sehr schönes Land — Usedom!«
»Wann fahren Sie?«
»Ich sollte eigentlich schon fort sein. Aber übermorgen feiert ein alter Freund von mir ein Jubiläum, da habe ich versprechen müssen, hinzukommen. Übrigens würde ich mich sehr freuen, wenn Sie mir das Vergnügen machten, mit hinzugehen.«
»Auf das Jubiläum Ihres Freundes?«
»Ja! Sie werden etwas anderes finden, als Sie sich vorstellen. Übrigens haben wir nun fast sieben Monate friedlich miteinander gehaust, da werden Sie mir die kleine Bitte nicht ab-

schlagen können, den letzten Abend mit mir zu verbringen.«
»In Gottes Namen«, sagte ich.
An dem Abend kam Beckers gegen acht Uhr zu mir, um mich abzuholen.
»Sogleich!« sagte ich.
»Ich gehe schon vor, um eine Droschke zu holen. Ich werde unten auf Sie warten. Darf ich Sie noch bitten, schwarze Beinkleider, Gehrock und schwarzen Schlips anzuziehen, auch schwarze Handschuhe zu nehmen? Sie sehen, ich bin auch so angezogen.«
»Auch das noch!« brummte ich. »Das scheint ja ein nettes Jubiläum zu werden.«
Als ich aus der Haustüre trat, saß Beckers schon in der Droschke. Ich stieg ein und wir fuhren durch Berlin, ich achtete nicht auf die Straßen. Nach etwa dreiviertel Stunden hielten wir; Beckers zahlte und führte mich durch einen großen Torbogen. Wir kamen dann in einen langen Hof, der hinten von einer hohen Mauer umgrenzt war. Beckers stieß eine niedere Tür in der Mauer auf und wir gelangten zu einem kleinen Hause, das dicht an der Mauer lag. Dahinter breitete sich ein mächtiger Garten aus.

»Sieh mal an, noch so ein großer Privatgarten in Berlin? Man lernt doch nie aus!«
Ich hatte aber keine Zeit genauer hinzusehen, Beckers war schon oben auf der Steintreppe und ich beeilte mich, ihm zu folgen. Die Tür wurde geöffnet; wir traten aus dem dunklen Flur in einen kleinen, bescheiden eingerichteten Raum. In der Mitte stand ein weißgedeckter Tisch, darauf eine große Steingutbowle. Rechts und links brannten Kerzen in zwei schwersilbernen, fünfarmigen Leuchtern, ein paar ebensolche hohe Kirchenleuchter warfen auf einer als Büfett dienenden Kommode ihr Licht auf einige große Schüsseln voller Butterbrote. An den Wänden hingen ein paar uralte Öldrucke, auf denen man kaum mehr die Farben erkennen konnte, außerdem eine Unmenge von Kränzen, alle mit schönen, breiten Seidenschleifen. Der Jubilar war augenscheinlich Sänger oder Schauspieler. Und tüchtig mußte er sein! Soviel Kränze hatte ich bei der gefeiertsten Diva nicht gesehen. Vom Fußboden bis zur Decke hingen sie hinauf, meist alt und verwelkt, aber es waren auch ganz frische darunter, die kaum einen Tag alt sein mochten und die der Jubilar wohl gerade zu seinem Jubelfeste bekommen hatte.

Jetzt stellte Beckers mich vor:
»Ich habe Ihnen hier meinen Freund mitgebracht«, sagte er. — »Herr Laurenz — seine Frau — und Familie!«
»Recht so! Recht so, Herr Beckers!« sagte der Jubilar und schüttelte mir die Hand. »Es ist eine hohe Ehre für uns.«
Nun habe ich schon manche seltsame Pflanze auf deutschen Bühnen blühen und wachsen sehen, aber so eine!? Man stelle sich vor: Der Jubilar war ganz außerordentlich klein und wenigstens fünfundsiebzig Jahre alt. Seine Hände waren so schwielig wie eine alte Soldatenschuhsohle und dabei, obwohl er augenscheinlich für die Feier einen energischen Reinigungsversuch unternommen hatte, von einer dunkelbraunen Erdfarbe. Sein Gesicht war vertrocknet wie eine Kartoffelschale, die zwei Monate lang in der Sonne lag, und seine riesigen Ohren standen wie Wegweiser in die Luft hinein. Über den zahnlosen Mund hing ein struppiger, grauer Schnurrbart, der von Schnupftabak starrte, dünne Haarsträhnen von einer undefinierbaren Farbe klebten hier und da auf dem blanken Schädel.
Seine Frau, nicht viel jünger als er, schenkte uns

ein und stellte einen Teller mit Schinken- und Wurstbrötchen vor uns hin — die übrigens sehr lecker waren, was mich einigermaßen mit ihr versöhnte. Sie trug ein schwarzes Seidenkleid und Brosche und Armbänder aus schwarzem Jett. Auch die anderen Gäste, etwa fünf bis sechs Herren, waren alle in Schwarz. Einer war dabei, der noch kleiner und älter war als der Jubilar, die übrigen mochten vierzig bis fünfzig Jahre zählen.

»Ihre Verwandten?« fragte ich Herrn Laurenz.

»Nein. Nur der da, der Einäugige, das ist mein Sohn! Die andern sind meine Leute.«

Also seine Leute waren es! So war also meine Vermutung, daß Herr Laurenz eine Bühnengröße sei, doch falsch. Aber woher hatte er dann alle diese prachtvollen Kränze bekommen? — Ich las die Widmungen auf den Seidenbändern. Da stand auf einem schwarzweißroten Bande: »Unserm tapferen Hauptmann — die treue Grenadierkompagnie der St. Sebastianschützengilde.« — Also Schützenhauptmann war er! Auf einem andern Bande war zu lesen: »Die Reichstagswähler des Christlichen Central-Comités.« — In Politik machte er auch! — »Dem größten Lohengrin aller Zeiten!« Er war also doch Opernsänger? — »Dem unvergeßlichen Kollegen — Der Berliner Presseklub.« — Was? Dazu noch ein Mann der Feder? — »Der Leuchte deutscher Wissenschaft, der Zierde deutschen Bürgertums — Der freisinnige Verein Waldeck.« — Wirklich ein bedeutender Mensch, der Herr Laurenz. Ich schämte mich ordentlich, nie von ihm gehört zu haben. — Eine blutrote Schleife zeigte die Worte: »Dem Sänger der Freiheit — Die Männer der Arbeit«; während auf einer grünen Schleife zu lesen war: »Meinem treuen Freund und Mitkämpfer — Stöcker, Hofprediger a. D.« — Was war das für ein seltsamer Mann, der alles verstand und von allen gleich verehrt wurde? — Da in der Mitte hing eine mächtige Schleife mit den drei inhaltschweren Worten: »Deutschlands größtem Sohne.«

»Entschuldigen Sie, Herr Laurenz«, begann ich bescheiden, »ich bin tief unglücklich, nie vorher von Ihnen gehört zu haben. Darf ich mir die Frage erlauben —«

»Gewiß das!« sagte Herr Laurenz jovial.

»Welches Jubiläum Sie eigentlich heute in so reizend kleinem Familienkreise feiern?«

»Hunderttausend!« sagte Herr Laurenz.

»Hunderttausend?« fragte ich.
»Hunderttausend!« sagte Herr Laurenz und spuckte mir auf den Stiefel.
»Hunderttausend!« sagte sein einäugiger Sohn nachdenklich. »Hunderttausend!«
»Hunderttausend!« wiederholte Frau Laurenz. »Darf ich Ihnen noch ein Glas Bowle einschenken?«
»Hunderttausend!« sagte Herr Laurenz noch einmal. »Ist das nicht eine schöne Zahl?«
»Eine sehr schöne Zahl!« sagte ich.
»Wirklich, es ist eine sehr schöne Zahl!« sagte Fritz Beckers, stand auf und erhob sein Glas. »Hunderttausend! Eine außerordentlich schöne Zahl. Hunderttausend! Bedenken Sie doch!«
»Es ist eine wundervolle Zahl!« sagte der eine Gast, der noch älter und kleiner war als Herr Laurenz. »Eine ganz wundervolle Zahl: Hunderttausend!«
»Ich sehe, Sie verstehen mich, meine Herren«, fuhr Fritz Beckers fort, »und darum brauche ich keine langen Worte zu machen. Ich beschränke mich auf das eine Wort: Hunderttausend! Ihnen aber, lieber Jubilar, wünsche ich: Noch einmal Hunderttausend!«
»Noch einmal Hunderttausend!« riefen seine

Frau und sein Sohn und seine Leute, und alle stießen mit dem Jubilar an.
Mir ging ein Licht auf: Herr Laurenz hatte die ersten Hunderttausend beisammen, Mark oder Taler, und deshalb gab er eine Bowle!
Ich nahm auch mein Glas und stieß mit ihm an: »Erlauben Sie mir, mich aus vollem Herzen dem Wunsche des Herrn Beckers anzuschließen! Noch einmal Hunderttausend! Prosit! Non olet!«
»Was sagte er da?« wandte sich der Jubilar an Beckers.
»Non olet: — es stinkt nicht!« erklärte dieser.
»Stinkt nicht?« — Herr Laurenz lachte. —
»Na wissen Sie, junger Freund, Sie würden sich schon die Nase halten! Fast alle stinken. Mir können Sie's glauben.«
Auf welch gaunerische Weise mochte dieser alte Sünder zu seinem Gelde gekommen sein, wenn er so zynisch davon sprach!
Beckers stand wieder auf und nahm ein Paket, das er vorher auf die Kommode gelegt hatte.
»Ich habe Ihnen hier, Herr Laurenz, ein kleines Zeichen meiner Erkenntlichkeit mitgebracht, zugleich eine Erinnerung an unsere Freundschaft und an Ihr schönes Jubiläum.«

Er nahm das Papier ab und brachte einen großen blanken Totenschädel zum Vorschein, schön in Silber gefaßt. Die Schädeldecke war abgesägt und wie ein Bierglasdeckel wieder aufgesetzt, sie bewegte sich hinten in einem Scharnier.
»Geben Sie den Bowlenlöffel!« sagte er. Dann schenkte er den Schädel bis obenhin voll, trank und reicht ihn dem Jubilar. Dieser trank auch und reichte ihn weiter, so machte der Schädel die Runde.
»Du, Alte!« lachte der Jubilar. »Der ist gut für meine kleine Frühstücks-Weiße.«
Fritz Beckers sah auf seine Uhr:
»Viertel nach zehn? Ich muß mich beeilen, mein Zug fährt mir da-von.«
»Lieber Freund und Gönner!« bat der Jubilar. »Nur etwas noch! Noch ein Viertelstündchen! Ich bitte Sie, lieber Freund und Gönner!«
Fritz Beckers war der Gönner dieses berühmten Mannes? Das wurde immer rätselhafter.
»Nein, es geht nicht«, sagte der Gönner energisch und reichte mir die Hand. »Auf Wiedersehen!«
»Ich gehe mit Ihnen.«
»Sie würden einen großen Umweg machen, ich muß zum Stettiner Bahnhof. — Ich laufe zur

nächsten Haltestelle und werde Ihnen eine Droschke herschicken. — Adieu! Ich muß mich beeilen, wenn ich den Zug noch erwischen will.«

Alle brachten ihn hinaus; ich blieb allein und trank mein Glas aus. Der Alte kam, um es mir wieder vollzuschenken.

»Wissen Sie«, sagte er zu mir, »wenn Sie etwas brauchen, kommen Sie nur. Ich bediene Sie gut. Sie können ja Herrn Beckers fragen. Nur frische Ware!«

Also Kaufmann war er! Jetzt hatte ich es heraus.

»Gewiß, ich werde bei Bedarf an Sie denken. Augenblicklich bin ich noch versorgt.«

»Sooo? — Von wem denn?« — Der Jubilar erschrak ordentlich.

Richtig, ich hatte ja keine Ahnung, mit was der Alte eigentlich handelte.

»Von Wertheim«, sagte ich, das schien mir am sichersten.

»O die Warenhäuser!« jammerte er. »Sie ruinieren den kleinen Mann! — Aber Sie werden sicher nicht gut bedient, probieren Sie's mal mit mir. Was Sie bei Wertheim kriegen, ist gewiß nicht gut, faule Fische, abgestanden —«

Also Fischhändler war er! Endlich! Beinahe hätte ich ihm eine Bestellung gemacht, aber es fiel mir gerade noch ein, daß wir am Ende des Monats waren.

»Für die erste Zeit bin ich noch versehen, aber nächsten Monat können Sie mir etwas schicken. Geben Sie mir Ihre Preisliste.«

Der Alte war ganz verdutzt:

»Eine Preisliste? — Hat Wertheim eine Preisliste?«

»Natürlich hat er! Billige Preise und gute Ware, ganz frisch, spring-lebend.«

Der Jubilar sprang entsetzt auf und fiel seiner Frau fast besinnungslos in die Arme.

»Du, Alte!« stöhnte er, *»Wertheim liefert lebend!«*

In diesem Augenblick hörte ich draußen die Droschke vorfahren. Ich benutzte die Verwirrung, lief aus der Stube, nahm Mantel und Hut und schlüpfte aus dem Hause. Rasch sprang ich die Steintreppe hinunter, ging durch die Gartentüre in der Mauer und öffnete den Droschkenschlag.

»Café Secession!« rief ich dem Kutscher zu.

Ich stieg ein und die Pferde zogen an. Schnell warf ich noch einen Blick zurück, da sah ich neben der Türe ein kleines weißes Schild. Ich kniff die Augen zusammen, um besser sehen zu können, und las mit einiger Mühe:

Jakob Laurenz.
Totengräber.

— Donnerwetter! Der Jubilar war Totengräber!

Einige Monate, nachdem Beckers fortgezogen war, zog ich auch aus. Die Wirtin half mir, meine Koffer und Kasten zusammenpacken. Ich war gerade dabei, eine Bilderkiste zuzunageln, als der Griff des Hammers zersprang. »Zum Kuckuck!« rief ich.

»Ich habe noch einen andern da«, sagte die Wirtin, die gerade die Anzüge fein säuberlich zusammenlegte. »Warten Sie, ich hole ihn.«

»Lassen Sie nur, ich laufe schon selber. Wo liegt er?«

»In der Schublade im Küchentisch. Aber ziemlich nach hinten.«

Ich ging in die Küche. Die Schublade war voll von nützlichen und unnützen Gegenständen. Alle möglichen Werkzeuge, Nägel, Knöpfe,

Bindfäden, Türklinken und Schlüssel. Plötzlich zog ich ein blaues Bändchen heraus, daran hing ein unscheinbares goldenes Medaillon. — War das nicht Ännys? — Ich öffnete es, es war eine verblaßte kleine Photographie darin, das Bild ihrer Mutter. Sie trug dieses einzige Andenken an die Tote immer auf der Brust wie ein Amulett.

»Das will ich mit mir ins Grab nehmen«, sagte sie mir einmal.

Ich nahm das Medaillon mit ins Zimmer.

»Wo haben Sie das her?« fragte ich die Wirtin.

»Ich habe es neulich gefunden, als ich Herrn Beckers Zimmer aufwusch. Es lag hinten in dem kleinen Raume in einer dunklen Ecke. Ich wollte es ihm aufbewahren, vielleicht kommt er noch mal her.«

»Ich werde es an mich nehmen«, sagte ich. — Ich steckte das Medaillon in meine Brieftasche; da hat es jahrelang geruht.

Später schenkte ich es dem Museum für Naturkunde in der Invalidenstraße. Neulich erst, vor acht Tagen.

Ich saß nämlich im Café Monopol, vor mir einen Berg von Zeitungen. Da flog der kleine Beermann vom Börsencurier herein.

»Schale Haut, Herr Doktor?« fragte der Kellner.
»Schale Haut!«
Er setzte sich an einen kleinen Tisch und putzte die beschlagenen Zwickergläser. Dann blickte er sich um.
»Ah, Sie da?« rief er, als er mich bemerkte. »Bringen Sie den Kaffee dorthin, Fritz!«
Er kam zu mir hinüber, während der Kellner die Tasse vor ihn stellte.
»Ihr Wiener seid gräßliche Menschen! Wie kann man das Zeug da trinken!«
»Finden Sie?« sagte er. — »Ich bin selig, daß ich Sie getroffen habe, Sie müssen mir einen Gefallen tun!«
»Hm!« machte ich. »Ich habe absolut keine Zeit heute abend.«
»Aber Sie müssen mir helfen! Unbedingt. Es ist ja niemand anders hier heute abend und ich muß gleich wieder fort!«
»Was gibt's denn?«
»Ich muß in die Premiere zum Deutschen Theater. Und da fällt mir plötzlich ein, daß ich noch eine andere Sache heute abend habe, die ich total vergessen hatte.«
»Was denn?«

»Im Museum für Naturkunde hält heute abend Professor Köhler einen Vortrag über die neuen ägyptischen Erwerbungen dieses Museums. Der ganze Hof wird erscheinen. Eine sehr interessante Sache!«

»Außerordentlich interessant.«

»Nicht wahr? — Also tun Sie mir den Gefallen und gehen Sie hin. Ich werde Ihnen sehr dankbar sein.«

»Kann ich mir denken! Aber wissen Sie was: mich interessiert das gar nicht.«

»Ich bitte Sie! — das Aktuellste, was es geben kann! Alle die neuen Funde werden vorgeführt. Ich bin ganz unglücklich, daß ich selbst nicht hin kann.«

»Also machen wir's so: Sie gehen ins Museum und ich gehe zum Deutschen Theater.«

»Unmöglich! Leider ganz unmöglich! Ich habe meiner Kusine versprochen, sie heute mit ins Theater zu nehmen.«

»Ach was Sie nicht sagen!«

»Also bitte, tun Sie mir den Gefallen! Sie werden es nicht bedauern. Sie müssen mir aus der Verlegenheit helfen.«

»Aber —«

Er sprang auf und warf ein paar Groschen auf

den Tisch: »Fritz! Für den Kaffee! — Hier sind die Karten. Zwei. Sie können noch einem andern eine Freude machen!«

»Eine nette Freude! Ich —«

»Da — und vergessen Sie nicht, den Bericht noch heute abend in den Kasten zu stecken, damit ich ihn mit der ersten Post auf der Redaktion finde! Vielen Dank! Zu Gegendiensten stets bereit! Servus! Servus!«

— Und fort war er.

Da lagen die Karten vor mir. Himmel, ich mußte wohl hin, er hatte mir schon so oft Gefälligkeiten erwiesen. — Der gräßliche Kerl!

Ich versuchte gar nicht erst, irgendeinem anderen die Karten aufzuhängen, ich wußte ja doch, daß ich sie nicht los werden würde.

Natürlich ging ich erst hin, als schon dreiviertel des Vortrags zu Ende war. Ich setzte mich zu dem Philologen der »Norddeutschen«, und ließ mir von ihm Notizen geben. Ich erfuhr, daß das Museum durch die wahrhaft fürstliche Munifizenz der Herren Kommerzienräte Brockmüller (Javol) und Lilienthal (Odol) in die glückliche Lage gekommen war, die prachtvollen Funde in den Pyramiden von Togbao und Kumo im Bausche für eine ungeheure Summe anzukaufen.

Diese fast völlig zerstörten Pyramiden waren von einem jungen Forscher einige hundert Kilometer südlich vom Tschadsee aufgefunden worden, im Reiche des Rabeh, dessen Gefangener der deutsche Gelehrte jahrelang war. Als der Tyrann am 22. April 1900 den Franzosen unter Lamy erlag und ein indischer Scharfschütze den Kopf des Sklavenfürsten in das französische Lager trug, schleppte sein Sohn Fadel-Allah den jungen Deutschen weiter mit sich nach Bergama im Reiche Bornu, wo ihn seine kriegerische Schwester, die Amazone Hana, die Witwe Haiatus, zum Ehemann nahm. Als dann am 23. August 1901 morgens fünf Uhr die Engländer unter Dangeville bei Gudjha die letzten »Basinger« im Schlafe überfielen und töteten, fand er endlich die Freiheit und begab sich nun zu den Senussi, deren Ordensoberhaupt ihm als Deutschen sehr entgegenkam, da diese fanatischen Mohammedaner, denen von allen Seiten die franzosenfeindlichen Tuaregs zuströmten, augenblicklich gegen Frankreich ihre Politik richteten. So gelang es ihm, mit Hilfe der Leute von Kanun die Schätze zu bergen und sie über

Nordkamerun an die Küste und von dort nach Deutschland zu schaffen.
Leider war der junge Gelehrte selbst nicht anwesend, er war wenige Wochen nach seiner Ankunft in Europa wieder nach Zentral-Afrika abgereist.
Dagegen waren, Gottseidank! die beiden Herren Kommerzienräte anwesend, sie saßen nebeneinander in der ersten Reihe, und sie schwollen ordentlich von dem Ruhme, Spuren altägyptischer Kultur am Tschadsee nachgewiesen zu haben.
»Und nun darf ich Sie wohl bitten«, schloß Professor Köhler seinen Vortrag, »nach vorn treten zu wollen und unsern unschätzbaren Fund selbst in Augenschein zu nehmen.«
Er ließ einen Vorhang zurückziehen, hinter dem die Herrlichkeiten aufgebaut waren.
»Es dürfte Ihnen allen nicht unbekannt sein, daß im alten Ägypten die Katze als ein heiliges Tier verehrt wurde, ebenso wie das Krokodil, der Ibis, der Sperber und alle diejenigen Säugetiere, die dem Ptah geweiht waren, das heißt, einen dreieckigen, weißen Fleck auf der Stirne trugen. Deshalb wurden diese Tiere, geradeso wie die Pharaonen, Oberpriester und Vorneh-

men des Landes einbalsamiert; in allen Pyramiden und Mastaben finden wir Katzenmumien. Unser Fund ist darin besonders reich, ein Beweis, daß die ägyptischen Kolonisten am Tschadsee aus der Katzenstadt Bubastis stammten; wir zählen nicht weniger wie zweihundertachtundsechzig dieser Reliquien aus grauer Vorzeit.«

Und der Professor wies stolz auf die langen Reihen hin, die aussahen wie ein Regiment vertrockneter Wickelkinder.

»Dort sehen Sie«, fuhr er fort, »weiter vierunddreißig Menschenmumien, wahre Prachtexemplare, um die uns jedes Museum beneiden wird. Und zwar sind diese Mumien nicht, wie die aus Memphis, schwarz, vertrocknet und leicht zerbrechlich, sondern ähnlich den thebanischen von gelber Farbe und von mattem Glanze. Man muß wirklich staunen vor der ungeheuren Kunst der altägyptischen Einbalsamierer! — Nun aber komme ich zu dem schönsten Edelstein dieser reichen Fundgrube: hier liegt eine echte *Topharmumie!* Nur drei solche kennt die Welt, die eine kam 1834 durch Lord Hawthorne in das South-Kensington-Museum zu London, die andere, wahrscheinlich die Gat-

tin des Königs Mereure aus der sechsten Dynastie, um 2500 v. Chr., ist im Besitze der Harvard-Universität, ein Geschenk des Milliardärs Gould, der dem Khediven Tewfik nicht weniger als achtzigtausend Dollars dafür bezahlte. Und das dritte Exemplar verdankt unser Museum der großherzigen Liberalität und dem hohen wissenschaftlichen Interesse der Herren Kommerzienräte Brockmüller und Lilienthal!«
Javol und Odol strahlten über die fetten Gesichter.

»Die Topharmumie«, fuhr der Professor fort, »ist nämlich ein Denkmal eines der eigentümlichsten und zugleich grauenhaftesten Gebräuche, die die Weltgeschichte kennt. Wie im alten Indien der Brauch bestand, daß die Witwe lebend dem verstorbenen Gatten in die Flammen folgte, so galt es in Ägypten als ein Zeichen der allerhöchsten Treue, wenn eine Gattin dem verstorbenen Gatten in die Totengruft folgte und sich — *lebend* — einbalsamieren ließ. Nun bedenken Sie, bitte, daß nur die Leichen der Pharaonen und der Allervornehmsten einbalsamiert wurden, bedenken Sie ferner, daß diese unerhörte Probe der Gattentreue eine freiwillige war, daß sich also nur sehr wenige Frauen dazu entschlossen haben, so werden Sie ermessen, wie ungeheuer selten solche Tophars sind. Ich möchte behaupten, daß in der ganzen ägyptischen Geschichte kaum sechsmal die große Topharzeremonie gefeiert wurde! — *Die Topharbraut,* wie sie die ägyptischen Dichter nennen, begab sich mit großem Gefolge in die unterirdische Totenstadt, um ihren jungen Leib den schrecklichen Einbalsamierern anzuvertrauen. Diese machten mit ihr dieselben Manipulationen wie mit den Leichen, mit dem Unterschiede, daß sie sehr langsam dabei zu Werke gingen, um den Körper so lange wie möglich am Leben zu erhalten. Im einzelnen ist uns die Art und Weise der Einbalsamierung noch wenig bekannt, wir kennen sie nur aus einigen, höchst mangelhaften Notizen Herodots und Diodors. Soviel aber ist sicher, daß die Topharbraut unter unerhörten Qualen lebend zur Mumie verwandelt wurde. Freilich, einen schwachen Trost hatte sie dafür: ihre Mumie vertrocknete nicht, sie blieb frisch wie im Leben und verlor auch nicht die leiseste Farbe. Überzeugen Sie sich selbst, man sollte glauben, daß diese schöne Frau hier soeben erst eingeschlafen wäre!«

Mit diesen Worten zog der Professor ein seidenes Tuch weg.

»Ah! — Ah! — Ah!« riefen die Leute.

Da lag ein junges Weib auf dem Marmortisch, bis zur Brust hinauf mit feinen Leinenstreifen umwickelt. Schultern aber, Arme und Kopf waren frei, schwarze Ringellocken spielten über der Stirne. Die feinen Nägel der kleinen Hände waren mit Henna gefärbt, an der Linken trug sie auf dem dritten Finger einen Scarabaeus. Die Augen waren geschlossen, die schwarzen Wimpern sorgsam mit Fliegenbeinen verlängert.

Ich trat mit den andern heran, ganz nahe, um besser sehen zu können —

Gerechter Himmel! Das war ja Änny!

Ich schrie laut auf, doch mein Schrei vertönte in dem Geräusche der Menge. Ich wollte sprechen, aber es war mir, als ob ich die Zunge nicht bewegen könne, ich starrte entsetzt auf die Tote.

»Diese Topharbraut«, hörte ich den Professor sagen, »ist zweifellos kein Fellahmädchen. Ihre Gesichtszüge tragen unverkennbar den Typus der indogermanischen Rasse, ich vermute, daß sie eine Griechin ist. Und dies Faktum ist doppelt interessant, beweist es doch die Spuren nicht nur ägyptischer, sondern auch hellenischer Kultur am Tschadsee, mitten in Zentralafrika —«

Mein Blut hämmerte an den Schläfen, ich hielt mich an einer Stuhllehne, um nicht umzusinken. Da legte sich eine Hand auf meine Schulter.

Ich drehte mich um und sah ein glattrasiertes Gesicht — und doch — ah, das war ja — beim Himmel — Fritz Beckers!

Er faßte mich am Arm und zog mich aus der Menge heraus. Ich folgte ihm, fast willenlos.

»Ich werde Sie dem Staatsanwalt anzeigen!« zischte ich durch die Zähne.

»Sie werden das nicht tun, es würde gar keinen Zweck haben. Sie würden sich nur selbst Unannehmlichkeiten machen. Ich bin niemand, absolut niemand! Wenn Sie die ganze Erde durch ein Sieb schütten würden, Sie würden Fritz Beckers nicht darin finden. — So hieß ich ja wohl in der Winterfeldstraße?«

Er lachte, und sein Gesicht nahm einen widerlichen Ausdruck an. Ich konnte ihn nicht ansehen; wandte mich halb um und starrte auf den Boden.

»Und übrigens«, raunte er mir in die Ohren, *»ist es denn nicht besser so?* Sie sind doch ein

Dichter — ist Ihnen Ihre kleine Freundin so nicht lieber, in ewiger Schönheit, als auf einem Berliner Kirchhof von Würmern zerfressen?«
»Satan!« stieß ich hervor. »Hündischer Satan!«
Ich hörte ein paar leichte Schritte und blickte auf. Ich sah, wie Fritz Beckers hinten durch eine Saaltüre schlüpfte.
Der Professor hatte seinen Vortrag beendet; man hörte lautes Beifallsklatschen. Er wurde beglückwünscht und schüttelte viele Hände, ebenso wie die Herren Kommerzienräte. Die Menge drängte zum Ausgang. — Unbemerkt trat ich an die Tote. Ich nahm das Medaillon mit dem Bild ihrer Mutter aus der Brieftasche und schob es leise auf ihre junge Brust, gerade unter die Leinenstreifen. Dann beugte ich mich vor und küßte sie leicht zwischen die Augen.
»Leb wohl, liebe kleine Freundin!« sagte ich.

Die Mamaloi

Ich erhielt folgenden Brief:

Petit-Goaves (Haiti), 16. August 1906.
Lieber Herr!
Also ich halte mein Versprechen; ich werde alles schreiben, wie Sie es wünschen, von Anfang an. Machen Sie damit, was Sie wollen, nur verschweigen Sie meinen Namen um meiner Verwandten in Deutschland willen. Ich möchte ihnen einen neuen Skandal ersparen; der andere ist ihnen schon übel genug an die Nerven gegangen.
Hier haben Sie zuerst, auf Ihren Wunsch, meine ganze bescheidene Lebensgeschichte. Ich kam mit zwanzig Jahren herüber, als junger Mann, in ein deutsches Geschäft in Jérémie; Sie wissen ja, daß die Deutschen in diesem Lande fast den ganzen Handel in ihren Händen haben. Das Gehalt verlockte mich — 150 Dollar im Monat — ich sah mich schon als Millionär. Na, ich

machte die Laufbahn von allen jungen Leuten, die in dies schönste und verdorbenste Land der Erde kommen: Pferde, Weiber, Saufen und Spielen. Nur wenige reißen sich da heraus, und auch mich rettete nur meine besonders kräftige Konstitution. An Vorankommen war nicht zu denken; im deutschen Spital zu Port-au-Prince habe ich halbe Jahre herumgelegen. — Einmal machte ich ein vorzügliches Geschäft mit der Regierung, drüben würden sie's freilich einen unerhört frechen Betrug nennen. Da hätten sie mich dafür drei Jahre ins Zuchthaus gesteckt, hier stieg ich zu hohen Ehren. Überhaupt, wenn ich für all das, was hier jeder Mensch macht, und das sie drüben Verbrechen zu nennen belieben, die festgesetzten Strafen des R. St. G. B. bekommen hätte, so müßte ich wenigstens fünfhundert Jahre alt werden, um aus dem Zuchthaus wieder herauszukommen! Aber ich will sie gerne abbrummen, wenn Sie mir einen Menschen meines Alters hier im Lande bezeichnen können, dessen Konto ein kleineres wäre! Freilich müßte auch bei Ihnen ein moderner Richter uns stets allesamt freisprechen, denn es fehlt uns durchaus das Bewußtsein der Strafbarkeit unserer Handlungen: im Gegenteil, wir halten diese Handlungen für ganz und gar erlaubt und höchst honett.

Also gut, ich legte mit dem Bau der Mole zu Port-de-Paix — von der natürlich nicht ein Stein gebaut wurde — den Grundstein zu meinem Vermögen; ich teilte mich mit ein paar Ministern in den Raub. Heute habe ich eines der blühendsten Geschäfte auf der Insel und bin ein schwerreicher Mann. Ich handle — oder schwindle, wie Sie sagen — mit allem, was es überhaupt gibt, wohne in meiner schönen Villa, spaziere in meinen herrlichen Gärten und trinke mit den Offizieren der Hapagschiffe, wenn sie unsern Hafen anlaufen. Ich habe Gott sei Dank weder Weib noch Kind — Sie freilich mögen die Mulattenrangen, die in meinen Höfen herumlaufen, als meine Kinder ansehen, bloß weil ich sie gezeugt habe — der Herr erhalte Ihnen Ihre Moral! — Ich tu's nicht. Kurz, ich fühle mich außerordentlich wohl.

Jahrelang hatte ich freilich ein elendes Heimweh. Vierzig Jahre war ich von Deutschland fort gewesen — Sie verstehen. Ich nahm mir vor, meinen ganzen Kram schlecht und recht loszuschlagen und meine alten Tage in der Heimat zu verbringen. Als ich mich dazu entschlossen hatte, wurde die Sehnsucht plötzlich so stark, daß ich die Abfahrt gar nicht mehr erwarten konnte; ich verschob also den endgültigen Abbruch meines Geschäftes und fuhr Hals über Kopf mit einem tüchtigen Batzen Geld im Sack vorläufig zu einem halbjährigen Besuche herüber.

Na, drei Wochen bin ich dort gewesen, und hätte ich einen Tag noch gezögert, so würde mich der Staatsanwalt gleich auf fünf Jahre dabehalten haben. Das war der Skandal, auf den ich eben anspielte. »Ein neuer Fall Sternberg« schrieb man in den Berliner Blättern, und meine hochanständige Familie sah darunter fett ihren ehrenwerten Namen gedruckt. Ich werde nie die letzte Unterredung mit meinem Bruder vergessen — der arme Mensch ist Oberkonsistorialrat. Das Gesicht, das er machte, als ich ihm ganz harmlos versicherte, daß die Mädchen wenigstens elf oder gar zwölf Jahre alt gewesen seien! Je mehr ich mich vor ihm reinzuwaschen suchte, um so mehr rannte ich mich hinein. Als ich ihm sagte, daß es doch wirklich nicht so schlimm sei, und daß wir hierzulande alle mit Vorliebe Mädchen von acht Jahren nehmen, da wir sonst fast nur kranke und Jungfrauen überhaupt nicht mehr bekämen — griff er sich an die Stirne und sagte: »Schweige, unglückseliger Bruder, schweige! Mein Auge blickt in einen Pfuhl ruchloser Fäulnis!« — Drei Jahre hat er mir gegrollt, und nur dadurch habe ich seine Versöhnung wiedererlangt, daß ich jedes seiner elf Kinder sehr reichlich im Testament bedacht habe und ihm außerdem einen sehr anständigen Monatszuschuß für seine Söhne sende. Dafür schließt er mich allsonntäglich in sein Gebet ein. Wenn ich ihm schreibe, verfehle ich nie, ihm mitzuteilen, daß wieder eine junge Dame meines Ortes in das passende Alter von acht Jahren getreten sei und sich meiner Gunst erfreut habe. Er möge für mich alten Sünder beten. Hoffentlich nutzt das! Einmal schrieb er mir, er habe stets mit seinem Gewissen gekämpft, ob er das Geld eines so unverbesserlichen Menschen annehmen dürfe, oftmals sei er nahe daran gewesen, es zurückzuweisen; nur die Rücksicht und das christliche Mitleid für seinen einzigen Bruder habe ihn immer wieder veranlaßt, das Geld zu nehmen. Nun aber sei es ihm plötzlich wie Schuppen von den Augen gefallen, und jetzt wisse er, daß ich immer nur gescherzt habe. Denn ich sei ja jetzt neunundsechzig Jahre alt und daher zu solchen Schandtaten gottlob nicht mehr fähig. Aber er bäte mich recht sehr, doch diese frivolen Scherze in Zukunft zu unterlassen.

Ich antwortete ihm — die Kopie, die ich als guter Kaufmann aufbewahrt habe — will ich hierher setzen:

»Mein lieber Bruder!
Dein Brief hat mich sehr in meiner Ehre gekränkt. Ich sende Dir beifolgend ein Paket mit Rinde und Blättern des Toluwangabaumes, die mir allwöchentlich ein alter Nigger besorgt. Der Kerl behauptet hundertundsechzig Jahre alt zu sein — na, hundertundzehn ist er wenigstens. Dabei ist er — dank des ausgezeichneten Absudes aus dieser Rinde — der größte Don Juan unserer ganzen Gegend, neben Deinem lieben Bruder. Letzterer ist übrigens seiner Sache von Natur aus noch recht sicher und bedient sich nur in außergewöhnlichen Fällen des köstlichen Trankes. Deshalb kann ich Dir ruhig einiges von meinem Reichtum abgeben und garantiere für prompte Wirkung. Übermorgen, zur Feier Deines Geburtstages, will ich ein

kleines Gelage veranstalten und zu diesem Ehrentage zwei siebenjährige Nüßlein knacken, wie das bei uns zur Erhöhung der Freude seines Festtages üblich ist. Dabei will ich auf Dein Wohl trinken!
Einliegend zum nahen Weihnachtsfeste einen kleinen Extrascheck über 3000 $ (dreitausend Dollars). Mit herzlichen Grüßen für Dich und all die Deinen

Dein treuer Bruder.

P. S. Ich bitte mir mitzuteilen, ob Du auch Weihnachten in Deinem Gebete meiner gedacht hast. D. O.«

Wahrscheinlich hat mein guter Bruder auch diesmal wieder schwer mit seinem Gewissen zu kämpfen gehabt, aber schließlich hat dann das christliche Mitleid mit mir armem Sünder in seinem guten Herzen doch gesiegt. Wenigstens hat er den Scheck behalten.
Ich wüßte wirklich nicht, was ich Ihnen sonst noch von meinem Leben mitteilen sollte, lieber Herr. Ich könnte Ihnen hundert kleine Abenteuer und Scherze erzählen, aber sie werden alle derselben Art sein, wie Sie sie auf ihren

Streifzügen durch unser Land von allen Weißen überall gehört haben. Beim Durchlesen dieses Schreibens fällt mir auf, daß drei Vierteile des Briefes, der doch ein »curriculum vitae« sein sollte, auf das Thema »Weib« fallen — na, das ist gewiß charakteristisch für den Schreiber. Übrigens: was hätte ich Interessantes sagen sollen über meine Gäule, über meine Waren und meine Weine? Und dem Poker bin ich untreu geworden; in meinem Ort bin ich der einzige Weiße, außer dem Hapagagenten, und der spielt ebensowenig wie die Offiziere seiner Linie, die mich gelegentlich besuchen.

Bleibt das Weib — was wollen Sie?

So, nun werde ich diesen Brief in das Heft legen, in das die merkwürdigen Aufzeichnungen kommen sollen, die Sie von mir wünschen und von denen ich selbst noch keine leise Ahnung habe. Wer weiß also, wann Sie den Brief erhalten — und — vielleicht mit einem ganz leeren Hefte!

Ich grüße Sie, lieber Herr, und bin

Ihr ergebener
F. X.

Diesem Briefe folgten anschließend folgende Aufzeichnungen:

18. August.

Als ich dies leere Heft aufschlage, habe ich das Gefühl, als trete etwas Neues in mein Leben. Was denn? Der junge Doktor, der mich drei Tage besuchte, hat mir das Versprechen abgenommen, ein Geheimnis zu erforschen und ein seltsames Abenteuer anzufangen. Ein Geheimnis, das vielleicht gar nicht existiert, und ein Abenteuer, das nur in seiner Phantasie lebt! Und ich habe ihm das so leichthin versprochen — ich denke, er wird recht enttäuscht sein.

Freilich, er hat mich verblüfft. Fünf Monate streift er in diesem Lande herum und kennt es viel besser als ich, der ich nun fünfzig Jahre hier hause. Tausend Dinge hat er mir erzählt, die ich nie vernommen, oder die ich wohl einmal gehört, aber stets ungläubig beiseite geschoben habe. Wahrscheinlich hätte ich es auch mit seinen Erzählungen so gemacht, wenn er nicht aus mir selbst durch Fragen alles mögliche herausgeholt hätte, über das ich mir nie recht klar geworden bin und das mir nun in einem

ganz anderen Lichte erscheint. Und doch würde ich das alles bald genug vergessen haben, wenn nicht der kleine Vorfall mit Adelaide gewesen wäre.
Wie war es doch? Das Negermädchen — sie ist die schönste und kräftigste von meinen Dienerinnen und eigentlich meine Favoritin, seitdem sie im Hause ist — deckte uns den Teetisch. Der Doktor unterbrach plötzlich das Gespräch und sah sie aufmerksam an. Als sie hinausging, fragte er mich, ob ich den kleinen Silberreif mit dem schwarzen Stein am Daumen ihrer rechten Hand bemerkt habe. Ich hatte den Ring tausendmal gesehen, aber nie darauf geachtet. Ob ich bei einer anderen schon einmal einen solchen Ring gesehen habe? Nun, das sei möglich, freilich erinnere ich mich nicht. Er schüttelte nachdenklich den Kopf.
Als das Mädchen wieder auf die Veranda kam, um den Tee zu servieren, sang der Doktor, ohne sie anzusehen, halblaut ein paar Töne. Eine absurde Melodie mit blöden Niggerworten, die ich nicht verstand:

Leh! Eh! Bomba, hen, hen!
Cango bafio tè

Cango moune dè lé
Cango do ki la
Cango li!

Krach! Das Teebrett lag auf den Steinen, die Kannen und Tassen in Scherben. Mit einem Schrei rannte das Mädchen ins Haus.
Der Doktor sah ihr nach, dann lachte er und sagte:
»Ich gebe Ihnen mein Wort: sie ist eine *Mamaloi*!«
Wir plauderten bis Mitternacht, bis die Dampfpfeife ihn auf das abfahrende Schiff zurückrief. Als ich ihn in meinem Boot an Bord brachte, hatte er mich beinahe überzeugt, daß ich wie ein Blinder in einer höchst wunderbaren Schreckenswelt lebe, von deren Existenz ich bisher keine Ahnung hatte.
Nun, ich habe Augen und Ohren geschärft. — Bisher ist mir noch gar nichts Sonderbares aufgefallen. Ich bin sehr neugierig auf die Bücher, die mir der Doktor von New York aus senden will; übrigens will ich ihm gerne zugeben, daß es ein Skandal ist, daß ich in all der Zeit noch nicht ein einziges Werk über dies Land gelesen habe. Immerhin — ich wußte ja gar nicht, daß

es solche Bücher gäbe — ich habe nie bei einem Bekannten eines gesehen.

27. August.

Adelaide ist wieder einmal für acht Tage fort, zu ihren Eltern ins Innere. Sie ist eigentlich das einzige Negermädchen, bei dem ich je eine so große Liebe zu ihrer Familie bemerkt habe; ich glaube, sie würde weglaufen, wenn ich ihr nicht den Urlaub bewilligte. Tagelang vorher ist sie dann ganz närrisch und wenn sie zurückkehrt, hat sie der Trennungsschmerz jedesmal so angegriffen, daß sie mir schon während der Arbeit zusammengefallen ist. Man denke: ein Negermädchen! Übrigens habe ich während ihrer Abwesenheit in ihrem Zimmer Haussuchung gehalten; ganz rationell, ich habe mir zu dem Zwecke vorher das betreffende Kapitel in einem Detektivroman durchgelesen. Ich habe gar nichts Verdächtiges, aber auch nicht das Allergeringste gefunden. Die einzige ihrer Habseligkeiten, deren Bedeutung mir nicht sofort klar war, war ein schwarzer länglicher runder Stein, der auf einem Teller in Öl lag. Ich denke mir, sie wird ihn zum Massieren gebrauchen, alle diese Mädchen massieren sich ja.

4. September.

Die Bücher sind aus New York angekommen; ich will mich gleich an die Lektüre machen. Es sind drei deutsche, drei englische und fünf französische Werke, zum Teil illustriert. Adelaide ist zurückgekommen, sie ist so elend, daß sie sich gleich zu Bett legen mußte. Na, ich kenne das, in ein paar Tagen ist sie wieder kreuzfidel.

17. September.

Wenn nur der zehnte Teil von dem wahr ist, was in diesen Büchern steht, so verlohnt es sich allerdings, dem Geheimnis nachzugehen, das der Doktor in meiner nächsten Nähe vermutet. Aber diese Reisenden wollen sich interessant machen daheim, und dann schreibt immer der eine von dem andern den größten Blödsinn ab. Bin ich denn wirklich ein solch blinder Esel, daß ich von dem ganzen Vaudouxkult mit seiner Schlangenanbetung und seinen Tausenden von Menschenopfern jahraus jahrein kaum etwas bemerkt haben sollte? Einzelne Kleinigkeiten sind mir ja aufgefallen, ich habe sie nie beachtet. Ich will versuchen, aus meiner Erinnerung das herauszusuchen, was etwa mit dem Vaudouxkult in Zusammenhang zu bringen wäre.

Einmal weigerte sich meine alte Haushälterin — ich wohnte damals in Gonaives — auf dem Markte Schweinefleisch einzukaufen. Es könnte Menschenfleisch sein, behauptete sie. Ich lachte sie aus und hielt ihr vor, daß sie doch das ganze Jahr über Schweinefleisch einkaufe. »Ja, aber nie zur Osterzeit!« — Sie ließ sich von ihrer fixen Idee nicht abbringen, und ich mußte eine andere auf den Markt schicken. Ich habe auch oft diese Caprelates gesehen — Hougons nennt man sie in unserer Gegend — gebrechliche Greise, die »Wanges« verkaufen. Das sind kleine Säckchen mit Muscheln und bunten Steinchen, die als Amulette getragen werden. Sie unterscheiden zwei Sorten, die »Points«, die unverwundbar machen, für Männer, und die »Chances«, für Frauen, die den Besitz des nackten Geliebten sichern. Aber ich habe nie gewußt, daß diese Schwindler — nein, diese Kaufleute — eine Art niederer Priester des Vaudouxkultes seien. Ebensowenig habe ich damit in Verbindung gebracht, daß so viele Speisen für manche Neger Tabu sind; so rührt zum Beispiel Adelaide weder Tomaten noch Auberginen an, sie ißt kein Ziegen- und kein Schildkrötenfleisch. Dagegen hat sie oft gesagt, daß Bockfleisch gesegnet sei und auch das »Maiskassan«, ihr geliebtes Maisbrot. Ich weiß auch, daß die Zwillinge überall mit Jubel begrüßt werden; dann feiert die Familie ein Fest, wenn eine Frau, oder gar eine Eselin »Marassas« bekommen hat.

Aber, du lieber Gott, die Geschichte mit dem Menschenfleisch auf dem Markt ist gewiß eine Fabel und die anderen Sachen erscheinen mir alle ungeheuer harmlos. Kleiner Aberglauben — in welchem Lande der Welt fände man nicht Ähnliches?

19. September.

Was Adelaide betrifft, so scheint der Doktor wirklich recht zu haben, wenn eben seine Weisheit nicht auch allzusehr aus den Büchern geschöpft ist. Einen solchen Ring erwähnt der Engländer Spencer St. John; ihn soll die »Mamaloi«, die Priesterin der Vaudoux, tragen. Übrigens muß ich sagen, daß in dieser Bezeichnung und in der analogen des Oberpriesters mehr Geschmack steckt, als ich diesen Niggern zugetraut habe. »Papaloi«, »Mamaloi« — das »loi« steht in ihrem korrumpierten Französisch natürlich für »roi« — kann man sich einen schöneren Titel denken? Mutter und Königin — Vater und König, das klingt doch besser wie Oberkonsistorialrat, wie mein gottesfürchtiger Herr Bruder sich betitelt?! — Auch ihren Stein, von dem ich annahm, daß er zum Massieren diene, habe ich in den Büchern gefunden, sowohl Tippenhauer wie Moreau de St. Méry kennen ihn. Fabelhaft, ich habe einen leibhaftigen Gott in meiner Villa, der Kerl heißt Damtala! Ich habe mir das Ding in ihrer Abwesenheit noch einmal genau betrachtet, die Beschreibung stimmt durchaus. Es ist zweifellos ein altes, vorzüglich geschliffenes Steinbeil aus der Karibenzeit. Die Neger finden solche im Walde, können sich ihren Ursprung nicht erklären und halten sie für göttlich. Sie legen ihn auf einen Teller; er kennt die Zukunft und spricht durch Klappern. Um ihn bei guter Laune zu erhalten, erhält er alle Freitage ein Bad in Olivenöl. Ich finde das ganz köstlich und meine Geheimpriesterin gefällt mir alle Tage besser. Freilich, Geheimnisse sind schon zu erforschen, da hat der Doktor recht — aber etwas Schauriges ist nicht dabei!

23. September.

Jetzt in meinem siebzigsten Lebensjahre muß ich einsehen, wie gut es ist, sich auf allen Gebieten zu bilden! Nie würde ich die köstliche Geschichte von gestern erlebt haben, wenn ich nicht in den Büchern studiert hätte!
Ich trank meinen Tee auf der Veranda und rief nach Adelaide, die den Zucker vergessen hatte. Sie kam nicht. Ich ging in mein Zimmer, in die Küche, sie war nicht dort, auch die andern Mädchen nicht; den Zucker konnte ich auch nicht finden. Als ich über den Flur ging, hörte ich ein halblautes Sprechen in ihrem Zimmer. Ich eilte also in den Garten — der Raum liegt zu ebener Erde — und schaute hinein. Da saß meine hübsche, schwarze Priesterin, wischte mit ihrem besten seidenen Tuche den Stein ab, legte ihn auf den Teller und goß vorsichtig frisches Öl darüber. Sie war sehr erregt, die Augen standen ihr voll Tränen. Vorsichtig nahm sie den Teller zwischen zwei Fingerspitzen und

streckte den Arm aus. Das dauerte eine Weile, dann begann ihr Arm zu zittern, leise erst, dann immer stärker. Und natürlich klapperte der Stein. Adelaide sprach mit ihm, leider konnte ich nichts verstehen.

Aber ich habe es herausgebracht, fein, der Doktor kann mit mir zufrieden sein. Ich auch, denn im Grunde ist die Sache nur schmeichelhaft für mich. Also am Abend nach dem Essen ging ich in ihr Zimmer, nahm den Klapperstein und setzte mich in meinen Lehnstuhl. Als sie hineinkam, um den Tisch abzuräumen, legte ich schnell die Zeitung weg, nahm den Teller zur Hand und goß frisches Öl auf den Stein. Der Effekt war großartig, sie ließ, bums! das Tablett fallen, das scheint ihre Eigenart zu sein in solchen Augenblicken. Gott sei Dank war es leer diesmal. Ich winkte ihr, still zu sein und sagte ruhig: »Freitag! Er muß heute ein frisches Bad haben!« — »Sie wollen ihn fragen?« flüstert sie. »Natürlich!« — »Über mich?« — »Gewiß!« — Das kam mir sehr gelegen, jetzt würde ich schon ihr Geheimnis herausbekommen. Ich winkte ihr hinauszugehen und die Tür hinter sich zu schließen. Das tat sie, aber ich hörte wohl, daß sie draußen stehen blieb und lauschte. Nun ließ ich meinen Gott nach Herzenslust klappern, er sprang auf seinem Ölteller herum, daß es eine Freude war. Das Klapp! Klapp! mischte sich mit den langen Seufzern Adelaides, die von der Türe herkamen.

Im Augenblick, als ich dem Donnergott Ruhe gab und den Teller auf den Tisch setzte, schlüpfte sie herein.

»Was hat er gesagt?«

Ja, zum Kuckuck, was hatte er gesagt? Geklappert hatte er, weiter nichts. Ich schwieg also.

»Was hat er gesagt?« drängte sie. »Ja? oder Nein?«

»Ja!« sagte ich auf gut Glück.

Sie jubelte: »Petit moune? Petit moune?«*

»Natürlich: petit moune!« wiederholte ich.

Sie hüpfte im Zimmer herum, sprang von einem Bein aufs andere.

»Oh, er ist gut, so gut, der liebe Donnergott! Mir hat er's auch gesagt! Und nun muß er's halten, da er's zweimal versprochen hat an einem Tage!«

Plötzlich wurde sie wieder ganz ernst: »Was

* Kreolisch, das Patois der Haitineger, für »Petit monde« = kleines Kind (kleine Welt).

hat er gesagt, ein Junge oder ein Mädchen?«
»Ein Junge«, antwortete ich.
Da fiel sie auf die Knie vor mir, weinte und heulte und schluchzte immer wieder, ganz aufgelöst vor Wonne: »Ach endlich! Endlich!«

28. September.

Ich weiß, daß Adelaide mich liebt seit langer Zeit, und daß sie nichts sehnlicher wünscht, als von mir ein »petit moune« zu haben. Neidisch ist sie auf die andern Mädchen, die im Hofe ihre Rangen herumlaufen haben, obwohl ich mich weiß Gott nicht darum kümmere. Ich glaube, sie möchte ihnen am liebsten die Augen auskratzen. Deshalb also die gute Behandlung des Donnergottes. — Übrigens war sie heute abend ganz reizend, ich meine, ich hätte nie ein so liebes Negermädchen gehabt. Ich glaube, ich habe sie wirklich gern und was mich anlangt, soll gewiß alles geschehen, ihren kleinen Wunsch zu erfüllen.

6. Oktober.

Es ist skandalös, daß ich als guter Kaufmann nie darüber Buch geführt habe, inwieweit ich zur Verbesserung der niederträchtigen Rasse dieses schönen Landes beigetragen habe. Ich habe augenscheinlich meine kulturellen Verdienste immer viel zu niedrig eingeschätzt. Heute habe ich also die Statistik nachgeholt; es war nicht schwer. Ich habe nämlich auch am Daumen drei Gelenke und die scheinen erblich zu sein. Was also in der Stadt mit drei Gelenken am Daumen herumläuft, ist gewiß von mir. Eine lustige Entdeckung habe ich bei dem kleinen Léon gemacht. Ich habe den Mulattenjungen immer für meinen Sprößling gehalten und auch die Mama schwört darauf. Aber: der Bengel hat nur zwei Gelenke am Daumen. Da stimmt etwas nicht. Ich habe den schönen Christian im Verdacht, einen der Hapagoffiziere, der hat mir gewiß ins Handwerk gepfuscht. — Übrigens fehlen nicht weniger als vier von meinen Rangen. Es heißt, daß sie weggelaufen sind, seit Jahren schon; niemand konnte mir irgendwelche Anhaltspunkte geben. Ist ja auch so gleichgültig.

24. Oktober.

Der Klappergott hat recht prophezeit. Adelaide ist selig und zu mir von einer Flitterwochenzärtlichkeit, die fast beunruhigend ist.

Ihr Stolz und ihre Freude wirken beinahe ansteckend, noch nie im Leben habe ich mich um das Gedeihen eines zukünftigen Erdenbürgers bekümmert, und jetzt — ich kann's nicht leugnen — habe ich ein augenscheinliches Interesse daran. Dazu kommt das immer nähere Verhältnis, in das ich zu Adelaide getreten bin. Freilich hat es manches Sträuben und Zögern, manches Tränchen, manche Zärtlichkeit gekostet, bis ich ihr ganzes Vertrauen errungen habe. Diese Schwarzen können ja schweigen, wenn sie wollen; das, was sie nicht sagen wollen, holt man nicht aus ihnen heraus und wenn man sie mit glühenden Zangen kneipen würde.

Auch hier war es wieder ein besonders glücklicher Umstand, der mir das Mittel in die Hand gab, sie zu zwingen, auch die letzte Maske abzulegen.

Adelaide hat nämlich gar keine Eltern mehr! Ich erfuhr das von einem uralten Mütterchen, das Phylloxera heißt und seit vielen Jahren in meinen Gärten Unkraut jätet. Es ist ein verhuzzeltes Weibchen, das mit ihrem Urenkel, einem schmutzigen, verlausten Buben, in einer elenden Hütte in der Nähe haust. Der nichtsnutzige Junge hatte wieder einmal Eier bei mir gestohlen und sollte diesmal gründlich die Peitsche bekommen; da kam die Alte, ihn loszubitten. Als Gegenleistung bot sie mir Mitteilungen über Adelaide an, natürlich war auch ihr nicht entgangen, in welcher Gunst die jetzt bei mir steht.

Und diese Mitteilungen — ich habe der Alten bei allen Heiligen schwören müssen, sie nicht zu verraten — sind wirklich so interessant, daß ich ihr noch einen amerikanischen Dollar obendrein gab. Adelaide hat gar keine Eltern und also hat sie sie auch nie besucht. Sie ist eine Mamaloi, eine Priesterkönigin des Vaudoux-Kultes. Wenn sie von mir Urlaub nahm, so geschah es, um zu dem »Honfoû« zu eilen, dem Tempel, der menschenfern auf einer Lichtung im Wald liegt. Und meine kleine zärtliche Adelaide spielt da die grausame Priesterin, beschwört die Schlange, erwürgt Kinder, trinkt Rum wie ein alter Schiffskapitän und feiert unerhörte Orgien! Kein Wunder, daß sie immer völlig erschöpft nach Hause kam! — Na, warte, du kleine schwarze Kanaille!

26. Oktober.

Ich sagte, daß ich nach Sâle-Trou reiten müsse, und ließ mein Pferd satteln. Die Alte hatte mir so ungefähr den Weg zum Tempel beschrieben, so gut wie ein Negerweib eben einen Weg beschreiben kann. Natürlich verritt ich mich und hatte das Vergnügen, im Urwald übernachten zu können; zum Glück hatte ich eine Hängematte mit. Erst am nächsten Morgen fand ich den Honfoûtempel, nämlich eine sehr große, aber elende Strohhütte auf einer Lichtung, die gestampft und geglättet war wie ein Tanzplatz. Eine Art Pfad führte auf den Tempel zu, zu beiden Seiten sah ich in die Erde gesteckte Pflöcke, auf denen abwechselnd die Kadaver schwarzer und weißer Hühner steckten. Zwischen den Pflöcken lagen ausgeblasene Truthahneier und grotesk geformte Steine und Wurzeln. Ein großer Erdbeerbaum, den die Gläubigen Loco nennen und als göttlich verehren, stand am Eingang des Tempels, rund herum hatte man, ihm zu Ehren, viele Gläser, Teller und Flaschen zu Scherben zerschlagen.

Ich trat in den Raum. Ein paar Löcher im Dach gaben genügend Licht, unter einem davon stak an einem Pfeiler eine herabgebrannte

Kienfackel. Die Tempeleinrichtung war äußerst lustig. An den Wänden sah ich die Bildnisse Bismarcks aus der »Woche« und König Eduards aus den »Illustr. London News«. Beide stammen ganz gewiß von mir, wer hätte sonst die Blätter hier halten sollen? Wahrscheinlich hatte sie Adelaide großmütig gestiftet. Da waren weiter ein paar Heiligenbilder, gräßliche Öldrucke, die den heiligen Sebastian, den heiligen Franziskus und die Madonna darstellten, daneben Blätter aus dem »Simplicissimus« (auch von mir!) und der »Assiette au Beurre«. Zwischendurch hingen ein paar alte Fahnenlappen, Muschelketten und bunte Bänder aus Papierschnitzel. Hinten, etwas erhöht, bemerkte ich einen starken Korb. Aha, dachte ich, darin steckt er also, Hougonbadagri, der große Vaudouxgott! Sehr vorsichtig öffnete ich den Deckel und sprang zurück, ich hatte durchaus keine Lust, mich von irgendeinem giftigen Vieh beißen zu lassen. Aber ach! Eine Schlange war wohl im Korbe, aber es war eine harmlose Ringelnatter und sie war elend verhungert. Das ist echt Negerart, etwas als Gott anbeten, um sich dann, nach den Festen, nicht mehr darum zu bekümmern! Freilich, ein

Ersatzgott ist ja im Handumdrehen im Walde zu fangen! Jedenfalls hat es Damtala, der brave Klappergott, entschieden besser als der allmächtige Houedosobague, der da elend zusammengeschrumpft tot vor mir lag; jener bekommt doch Öl jeden Freitag, während dieser, der doch in diesem verrückten heidnisch-christlichen Vaudouxkult Johannes der Täufer selber ist, nicht einmal ein Fröschlein oder Mäuslein erhält!

29. Oktober.

Als ich am nächsten Tage Adelaide mit meiner neuen Wissenschaft auftrumpfte — ich tat so, als ob mir alles längst bekannt sei —, machte sie gar keinen Versuch mehr zu leugnen. Ich sagte ihr, daß mich der Doktor eingeweiht habe, der ein Abgesandter Cimbi-Kitas, des Oberteufels sei, und zeigte ihr eine Axt, über die ich etwas rote Tinte gegossen hatte. Die in Blut getränkte Axt ist nämlich das Symbol dieses bösen Dämons.

Das Mädchen zitterte, schluchzte und war kaum zu beruhigen.

»Ich wußte es,« schrie sie, »ich wußte es und habe es auch dem Papaloi gesagt! Er ist Dom Pèdre selbst!«

Das bejahte ich — warum sollte der gute Doktor nicht Dom Pèdre selbst sein? Nun erfuhr ich, daß gerade unser Ort, Petit Goaves, der Hauptsitz der Teufessekte Dom Pèdres ist. Das war ein Mann — ein schöner Schwindler mag er gewesen sein — der vor langer Zeit aus dem spanischen Teil der Insel herüber kam und hier den Kult Cimbi-Kitas, des großen Teufels, und seines Knechtes Azilit begründete. Ein gutes Stück Geld muß er damit verdient haben. Aber er selbst und alle seine Ober- und Unterteufel mögen mich lebendig holen, wenn ich nicht auch aus der ganzen Geschichte ein gutes Geschäft mache! Ich habe schon meine Idee.

18. November.

Heute hörte ich das Néklésin, das eiserne Triangel, durch die Straßen schallen. Wie oft habe ich diese kindische Musik gehört und habe mir nie etwas dabei gedacht; jetzt erst weiß ich, daß es das unheimliche Zeichen ist, das die Gläubigen zum Tempel ruft. Ich habe sofort meine kleine Mamaloi kommen lassen und ihr mitgeteilt, daß ich diesmal an dem Opferdienste teilnehmen würde. Sie war außer sich, bat und flehte, jammerte und schrie. Aber ich gab nicht nach; ich zeigte ihr wieder das alte Holzbeil mit der roten Tinte, das sie vor Schrecken fast zu Stein erstarren ließ. Ich sagte ihr, daß ich besonderen Auftrag von Dom Pèdre habe und daß alles genau so zugehen müsse wie gewöhnlich. Sie ging fort, um mit ihren Houcibossales zu reden, den tätowierten Vaudouxleuten; ich denke mir, sie wird den Papaloi selbst aufsuchen.

Ich habe ihre Abwesenheit benutzt, um noch ein paar Kapitel in meinen Büchern durchzulesen, hier habe ich mir einige Daten zusammengestellt, die wohl ihre Richtigkeit haben. Danach war der Befreier Haitis, Toussaint Louverture, selbst ein Papaloi, ebenso der Kaiser Dessalines und der König Christophe. Auch Kaiser Soulouque war ein Vaudouxpriester, ich sah ihn noch, den schwarzen Schuft, als ich 1858 nach Port-au-Prince kam. Und der Präsident Salnave, mein guter Freund Salnave, brachte 1868 selbst das Menschenopfer, des »ungehörnten Bockes«. Salnave, wer hätte das gedacht! Der Spitzbube, mit dem ich — genau in demselben Jahre — die wundervolle Mole von Port-de-Paix — *nicht* baute, womit ich mir mein erstes Vermögen verdiente.

Kommt Präsident Salomon, der uralte Trottel, der auch ein eifriger Förderer des Vaudoux war. Daß Hippolyte, sein Nachfolger, nicht viel anders war, habe ich oft gehört, aber daß er sich die Skelette der von ihm geschlachteten Opfer zur Erinnerung aufbewahrte, ist doch ein netter Zug von ihm. Als er vor zehn Jahren starb, fand man in seinen Räumen eine ganze Reihe solcher Skelette; er hätte mir wirklich ein paar davon vermachen sollen, ich habe so manches gute Geschäft mit ihm gemacht. Immer Halpart und dabei hat er alle Uniformen umsonst von mir bekommen, mit soviel goldenen Litzen, als er nur wünschte! Und alle »Kalypsos« gingen aus meiner Tasche, nie hat er einen Centime ausgegeben als kleines Trinkgeld für die Herren Deputierten.
Also die zwei Präsidenten aus den sechziger und siebziger Jahren Geffrard und Boisrond-Canal traten dem Vaudoux entgegen? Ausgerechnet die beiden, mit denen am schwersten Geschäfte zu machen war! In ihre Zeit fallen auch die Prozesse gegen die Vaudouxleute. Da wurden 1864 zu Port-au-Prince acht Leute erschossen, weil sie ein zwölfjähriges Mädchen geopfert und aufgegessen hatten, eben deshalb

wurde 1876 ein Papaloi zum Tode verurteilt und zwei Jahre später ein paar Weiber. Viel ist das gerade nicht, wenn wirklich, wie Texier meint, alljährlich ein paar tausend Kinder — cabrits sans cornes — geschlachtet und verzehrt werden.

— Adelaide ist noch immer nicht zurückgekehrt. Aber ich werde meinen Willen unter allen Umständen durchsetzen. Ich gehöre diesem Lande an und habe ein Recht, es in seinen Eigenarten kennenzulernen.

Abends zehn Uhr.

Der Papaloi hat einen Abgesandten geschickt, einen Avalou, so eine Art Küster, der für seinen Herrn eine Unterredung mit mir erbat. Ich habe ihn weggeschickt und mich auf nichts eingelassen. Vorher habe ich dem Kerl noch meine Tintenaxt gezeigt, die auch diesmal ihre Wirkung nicht verfehlte. Ich habe dem Papaloi sagen lassen, daß ich ihn niederschießen würde, wenn meine Wünsche nicht erfüllt würden.

Um neun Uhr kam der Kerl noch einmal zurück, um zu parlamentieren; er hatte übrigens einen Heidenrespekt und traute sich nicht mehr in mein Zimmer. Ich fluchte fürchterlich im Namen Cimbi-Kitas, des Oberteufels. *Der* Mann wenigstens ist von meiner teuflischen Mission ebenso fest überzeugt wie Adelaide! Sie ist noch immer nicht zurück, ich bin gewiß, daß sie festgehalten wird. Ich habe dem Avalou gesagt, daß ich, zusammen mit Dom Pèdre selbst, sie holen würde, wenn sie in einer Stunde nicht zu Hause sei.

Nachts zwölf Uhr.
Alles ist geordnet, die Expedition kann morgen vor sich gehen. Der Papaloi sah wohl ein, daß ich von meinem Willen nicht abzubringen sei, deshalb fügte er sich meinen Wünschen. Als echter Pfaffe suchte er schließlich noch etwas für sich zu retten und stellte durch Adelaide die Bedingung, daß ich zwanzig Dollars für die Armen der Gemeinde stifte. »Die Armen« — das ist er natürlich selber, ich habe ihm also gleich das Geld zugesandt. Nun wird der schwarze Oberkonsistorialrat wohl zufrieden sein.
Dafür schickte er mir eine Handvoll verfaulter Pflanzen, davon solle ich mir ein Bad machen lassen, um Canzou zu werden, das heißt, die Weihe zu erhalten. Eigentlich muß

man vierzig Tage in solchem Dreckbade hocken, bis es ganz verdunstet ist, doch wurde für mich ein abgekürztes Verfahren gestattet. Ich warf den Kram gleich in den Kehricht, dagegen aß ich Adelaide zuliebe die zweite Gabe, Verver, ein Gemisch aus Mais und Blut. Es schmeckte scheußlich. Nun bin ich vorbereitet genug, um morgen nacht unter die Teufelspriester, die Bizangos und Quinbindingues aufgenommen zu werden.

22. November.

Ich muß mir Mühe geben, die Feder zu halten, der Arm zittert und die Hand will nicht gehorchen. Zwei Tage habe ich auf dem Diwan gelegen und noch heute laufe ich im Fieber herum; alle meine Knochen sind wie zerschlagen. Adelaide liegt immer noch im Bette. Kein Wunder nach dieser Nacht! Wenn ich die Geschehnisse meinem Bruder mitteilen würde, ich glaube, der fromme Herr würde vielleicht doch einen beiliegenden Scheck zurückweisen.

Kreuzelement, wie mich der Rücken schmerzt! Jede leiseste Bewegung macht mich schreien. Ich höre Adelaide aus ihrem Bette wimmern. Vorhin war ich bei ihr, sie sprach kein Wort,

sie weinte nur leise vor sich hin und küßte meine Hand. Und ich konnte gar nicht begreifen, daß dieses arme Tierchen dieselbe grausame Priesterin sei, die mit verzerrten blutgierigen Händen —
Ich will alles ruhig erzählen. Adelaide ging schon am Morgen weg, ich stieg am Nachmittag auf meinen Falben, meine guten Brownings staken in der Satteltasche. Diesmal kannte ich den Weg zum Honfoû, bei Sonnenuntergang war ich schon dort. Schon von weitem vernahm ich durch den Wald das Gelärme aufgeregter Stimmen, dazwischen die schrillen Laute des Néklésin. Die große Lichtung war voll von schwarzen Leibern, sie hatten alle Gewänder abgelegt, nur ein paar zusammengeknüpfte rote Taschentücher um den Leib gewunden. Sie tranken aus ihren weitbäuchigen Tafiaflaschen, liefen durch den Weg, auf dessen spitze Pfähle man schwarze und weiße Hühner lebend aufgespießt hatte und zerschmetterten schreiend die Flaschen unter dem göttlichen Erdbeerbaume. Augenscheinlich erwartete man mich, ein paar Männer kamen auf mich zu, banden meinen Gaul an einen Baum und führten mich über den Weg, wobei sie aus irdenen Krügen

die jämmerlich gackernden und flatternden Hennen auf den Pfählen mit Blut begossen, wie Blumen in Töpfen. Am Eingange des Tempels drückte mir einer eine leere Flasche in die Hand, ich zerschmetterte sie unter dem Erdbeerbaum. Wir schritten in den weiten Raum hinein, alles drängte im Augenblick nach; geschoben von nackten Körpern gelangte ich in die Nähe des Schlangenkorbes. Mächtige Kienfackeln staken an den Balken und rußten durch die offenen Dachlöcher in die Nacht hinaus. Mir gefiel dieser rote Feuerschein auf den schwarzen, glänzenden Leibern; ich muß sagen, ich kam in Stimmung dadurch.
Neben dem Schlangenkorb brannte ein Feuer unter einem mächtigen Kessel, dabei hockten die Schläger auf ihren Trommeln, Houn, Hountor und Hountorgri, die den drei Aposteln Petrus, Paulus und Johannes geweiht sind. Hinter ihnen stand ein baumlanger Kerl, der die riesige Assauntortrommel rührte, die mit der Haut eines verstorbenen Papaloi überzogen ist. Immer schneller gingen die Wirbel, immer lauter dröhnten sie in den überfüllten Raum.
Die dienenden Avalous drängten die Menge nach den Seiten zurück und schufen einen freien

Platz in der Mitte. Trockenes Holz und Reisig warfen sie hin und stießen Fackeln hinein — im Nu brannte ein helles Feuer auf dem festgestampften Boden. Dann führten sie fünf Adepten in den Kreis, drei Weiber und zwei Männer; die hatten gerade die vierzigtägigen Weihen in dem Schmutzbade durchgemacht, die mir glücklicherweise erspart geblieben waren. Die Trommeln schwiegen und der Papaloi trat hervor.
Es war ein alter, magerer Nigger; wie die andern nur mit roten, zusammengeknüpften Taschentüchern bekleidet. Dazu trug er ein blaues Band um die Stirne, unter dem die langen, ekelhaft verfilzten Haarsträhnen hervorquollen. Seine Unterpriester, die Dijons, gaben ihm ein großes Büschel von Haaren, Hornstücken und Kräutern in die Hand, das er langsam in die Flamme streute. Dabei rief er die himmlischen Zwillinge, Saugo den Blitzgott und Bado den Windgott an, daß sie die heilige Flamme schüren möchten. Dann gab er den zitternden Adepten den Befehl, in das Feuer zu springen. Die Dijons trieben und zerrten die Zögernden in die Flammen, es sah prächtig aus, wie sie da zappelnd hin- und hersprangen. Endlich durften sie heraustreten und nun führte sie der Pa-

paloi an den dampfenden Kessel neben dem Schlangenkorbe. Opété, den göttlichen Truthahn, rief er jetzt an und Assouguié, den himmlischen Schwätzer. Ihnen zu Ehren mußten die Adepten in das kochende Wasser greifen, Fleischstücke herausreißen und den Gläubigen auf großen Kohlblättern reichen. Immer wieder tauchten die gräßlich verbrannten Hände in die siedende Brühe, bis auch der letzte sein Kohlblatt bekommen hatte. Dann erst nahm sie der magere Greis als gleichberechtigte Mitglieder in seine Gemeinde auf — im Namen Attaschollôs, des großen Weltengeistes — und überließ sie endlich ihren Verwandten und Freunden, die ihnen Salben auf die elend verbrannten Glieder schmierten.

Ich war neugierig, ob dieser menschenfreundliche Priester auch von mir eine solche Zeremonie verlangen würde, aber niemand bekümmerte sich um mich. Wohl reichte man auch mir ein Stück Fleisch auf dem Kohlblatt, und ich aß es wie alle übrigen.

Die Djions warfen neue Nahrung in das Feuer und richteten einen Spieß darüber. Dann zogen sie an den Hörnern drei Böcke herein, zwei schwarze und einen weißen, brachten sie vor

den Papaloi. Der stach ihnen mit einem mächtigen Messer in die Kehle, zog durch, und trennte mit einem einzigen langen Schnitte den Kopf ab. Mit beiden Armen riß er die Köpfe in die Höhe, zeigte sie erst den Trommelschlägern, dann den Gläubigen und warf sie, die er dem Herrn des Chaos, Agaou Kata Badagri weihte, in den dampfenden Kessel. Währenddessen fingen die Djions in großen Gefäßen das Blut auf, mischten es mit Rum und reichten es zum Trunke herum. Dann häuteten sie die Tiere und steckten sie an die Spieße.
Auch ich trank, einen Schluck erst, dann mehr und mehr. Ich fühlte eine seltene Trunkenheit in mir aufsteigen, eine wilde, gierige Trunkenheit, wie ich sie nie gekannt hatte. Ich verlor ganz das Bewußtsein meiner Rolle als unbefangener Zuschauer, ich wuchs immer mehr wie ein Zugehöriger in diese wilde Umgebung hinein.
Die Djions zogen mit Holzkohlenstückchen neben dem Feuer einen schwarzen Kreis, da hinein trat der Papaloi. Und während die Braten schmorten, die er segnete, rief er mit lauter Stimme Allégra Vadra an, den Gott, der alles weiß. Er bat ihn, seinen Priester zu erleuchten, ihn und die gläubige Gemeinde. Und der Gott

antwortete durch ihn, daß die Erleuchtung kommen werde, wenn das Bockfleisch genossen sei. Da sprangen die schwarzen Gestalten zu den Spießen hin, rissen mit den Händen das Fleisch herab und verschlangen es, heiß und halb roh. Sie brachen die Knochen und benagten sie mit den großen Zähnen, warfen sie dann hoch durch die Dachluken hinaus in die Nacht, zu Ehren Allégra Vadras, des großen Gottes.

Und wieder dröhnten die Trommeln. Houn, die kleinste, begann, dann Hountor und Hountorgri. Und endlich brüllte die gewaltige Assauntortrommel ihr scheußliches Lied. Immer stärker wurde die Erregung, immer heißer und enger drängten sich um mich die schwarzen Leiber. Die Avalous räumten die Spieße weg und zertraten das Feuer, die schwarze Menge schob sich nach vorne.

Da stand plötzlich, ich weiß nicht, woher sie gekommen, Adelaide, die Mamaloi, auf dem Schlangenkorbe. Sie trug, wie die übrigen, nur ein paar rote Taschentücher, die über die Lenden und die linke Schulter hingen. Die Stirn zierte das blaue Priestertuch, ihre herrlichen weißen Zähne leuchteten im roten Scheine der Fackeln. Sie war prachtvoll, ganz prachtvoll.

Der Papaloi reichte ihr mit gesenktem Haupte einen gewaltigen Krug voll Rum und Blut, sie leerte ihn auf einen Zug. Die Trommeln schwiegen und sie begann, leise erst, dann immer mehr anschwellend, das große Lied der göttlichen Schlange:

»Leh! Eh! Bomba, hen, hen!
Cango bafio té,
Cango moune de lé
Cango do ki la
Cango li!«

Zwei-, dreimal sang sie die wilden Worte, bis aus ein paar hundert trunkenen Lippen es ihr wieder entgegenschallte:

»Leh! Eh! Bomba, hen, hen!
Cango bafio té,
Cango moune de lé
Cango do ki la
Cango li!«

Die kleine Trommel begleitete ihren Gesang, der wieder leiser wurde und fast zu ersterben schien. Sie wiegte sich in den Hüften hin und her, senkte das Haupt und hob es, zog seltsame Schlangenlinien mit den Armen in der Luft. Und die Menge schwieg, atemlos in Erwartung. Leise flüsterte einer: »Sie sei gesegnet, Manho, unsere Priesterin!« Und ein anderer: »Johannes der Täufer küsse dich, dich, Houangan, seinen Liebling!« Die Augen der Neger traten aus den Höhlen, alles starrte auf die leise summende Mamaloi.

Da sagte sie, still, mit fast verzagender Stimme: »Kommt her! Houedo hört euch, die große Schlange!«

Alle drängten sich heran, mühsam vermochten die Diener und Priester Ordnung zu halten. »Bekomme ich einen neuen Esel diesen Sommer?« — »Wird mein Kind gesund werden?« — »Wird er zurückkehren, mein Geliebter, den sie zu den Soldaten nahmen?« — Jeder hatte eine Frage, einen Wunsch. Die schwarze Pythia antwortete, mit geschlossenen Augen, den Kopf tief auf die Brust gesenkt, die Arme nach unten gestreckt, steif, die Finger krampfhaft gespreizt. Richtige Orakelantworten, die nicht ›ja‹ und nicht ›nein‹ sagten, und aus denen doch ein jeder das entnehmen konnte, das er zu hören wünschte. Befriedigt gingen sie zur Seite, war-

fen Kupferstücke in den alten Filzhut, den der Papaloi hinhielt. Aber auch Silber fiel hinein.
Die Trommeln schlugen wieder, langsam schien die Mamaloi aus ihrem Traum zu erwachen. Sie sprang herab von dem Korbe, riß die Schlange heraus und stieg wieder hinauf. Es war eine lange, gelbschwarze Natter; verwirrt von dem Feuerschein züngelte sie und wand sich lang um den ausgestreckten Arm der Priesterin. Die Gläubigen fielen zu Boden, berührten die Erde mit der Stirne. »Lange lebe die Mamaloi, unsere Mutter und Königin, sie, Houdja-Nikon, unsere Gebieterin!« Und sie beteten zu der großen Schlange und die Priesterin nahm ihnen den Schwur ewiger Treue ab. »So soll euer Hirn verfaulen und in euch eure Eingeweide, wenn ihr je das brecht, was ihr schwurt!« Da riefen sie: »Wir schwören drei starke Eide, dir Hougon-badagri, Johannes dem Täufer, der du zu uns kommst als Sobagui, als Houedo, der große Vaudouxgott!«
Jetzt öffnete die Mamaloi einen andern Korb, der hinter ihr stand. Hühner griff sie heraus, schwarze und weiße und warf sie hoch in die Luft. Die Gläubigen sprangen vom Boden auf, griffen nach den flatternden Tieren und rissen

ihnen die Köpfe ab. Tranken gierig aus den Leibern das frisch strömende Blut. Warfen sie dann zum Dach durch die Luken hinaus: »Für dich, Houedo, für dich Hougon badagri, zum Zeichen, daß wir unsern Eid halten!«
Von hinten her drängten sich sechs Männer um die Mamaloi.
Sie trugen Teufelsmasken; Ziegenfelle hingen von den Schultern und die Leiber waren rot mit Blut bemalt.
»Furcht, Furcht vor Cimbi-Kita!« heulten sie. Die Menge drängte zurück, schaffte einen freien Raum, in den sie traten. Ein Mädchen von zehn Jahren führten sie an einem Strick um den Hals. Das Kind sah verwundert um sich, ängstlich, furchtsam, aber es schrie nicht. Es schwankte, vermochte sich kaum zu halten auf den Füßen, völlig trunken von Rum. Der Papaloi trat zu ihm hin: »Azilit gebe ich dich und Dom Pèdre, sie mögen dich hintragen zu ihm, aller Teufel größten, zu Cimbi-Kita!« Er streute dem Kinde Kräuter in das krause Wollhaar, Hornstückchen und Haarflecken, legte einen brennenden Scheit darauf. Aber ehe das entsetzte Kind noch mit seinen Händen in die brennenden Haare greifen konnte, warf sich die Mamaloi wie eine

Rasende mit einem gräßlichen Schrei von ihrem Korbe herunter. Ihre Finger krampften sich um den schmalen Hals, sie hob das Kind hoch in die Luft und erwürgte es.

»Aa-bo-bo!« schrie sie.

Sie schien ihr Opfer gar nicht mehr freigeben zu wollen. Endlich entriß ihr der Oberpriester das leblose Kind und trennte ihm, wie den Böcken, mit einem einzigen Schnitt den Kopf vom Rumpfe. Und dazu sangen die Teufelspriester mit gewaltiger Stimme ihren entsetzlichen Triumphgesang:

»Interroges le cemitière,
il vous dira
de nous ou de la mort,
qui des deux fournit
les plus d'hôtes.«

Wieder zeigte der Papaloi mit erhobenen Armen das Haupt den Trommelschlägern, wieder warf er es in den dampfenden Kessel. Starr, teilnahmslos stand die Mamaloi dabei, während die Teufelspriester das Blut in den Rumkrügen auffingen und den Leib zerhackten. Wie Tiere warfen sie den Gläubigen die rohen Fleisch-

stücke hin, die sich darauf stürzten, sich balgten und rissen um die Fetzen.
»Aa-bo-bo! Le cabrit sans cornes!« heulten sie.
Und alle tranken das frische Blut, vermischt mit dem starken Rum. Ein gräßliches Getränk, aber man trinkt es, muß es trinken, mehr und immer mehr —
Nun stellte sich einer der Teufelspriester in die Mitte, neben die Priesterin. Er riß die Maske ab, warf das Fell herunter. Nackt stand der schwarze Kerl da, den Leib wunderlich mit Blutzeichen bemalt, die Hände tief rot von Blut.
Alles schwieg, nirgends hörte man einen Laut. Nur die kleine Hountrommel wirbelte leise zu dem Teufelstanz, dem Tanz Dom Pèdres, der nun beginnen sollte.
Unbeweglich stand der Tänzer da, ohne sich zu rühren, minutenlang. Langsam wiegte er sich hin und her, den Kopf erst, dann den Leib leise wiegend. Alle seine Muskeln spannten sich, eine seltsame Erregung bemächtigte sich seiner, schien wie ein magnetisches Fluidum allen sich mitzuteilen.
Man betrachtet einander, noch regt man sich nicht, aber man fühlt, wie die Nerven zucken.
Nun tanzt der Priester, dreht sich langsam erst,

dann schnell und schneller, lauter tönt die Hountrommel und die Hountortrommel fällt ein. Da kommt Bewegung in die schwarzen Leiber, den Fuß hebt eines, das andere den Arm. Sie verschlingen einander mit den Blicken; schon fassen sich zwei und drehen sich im Tanze. Nun brüllt auch die Hountorgri und die mächtige Assauntortrommel, ihr Fell aus Menschenhaut heult einen wütenden aufreizenden Wollustschrei. Alle springen auf, drehen sich im Tanze, stoßen, treten einander, machen gewaltige Bocksprünge, werfen sich zu Boden, schlagen den Kopf auf die Erde, springen wieder auf, schleudern Arme und Beine und rasen und schreien in dem wilden Rhythmus, den die Priesterin singt. Stolz steht sie in der Mitte, hebt die göttliche Schlange hoch in die Luft und singt ihren Sang:
»Leh! Eh! Bomba, hen! hen!«
Neben sie drängt sich der Papaloi, aus großen Kübeln spritzt er Blut über die schwarzen Gestalten, die immer wilder springen, immer wütender das Lied der Königin heulen.
Sie fassen einander, reißen sich die roten Lappen vom Leibe. Die Glieder verrenken sich, heißer Schweiß rieselt von den nackten Körpern. Trunken von Rum und Blut, aufgepeitscht

zu maßloser Wollust, springen sie aufeinander wie Tiere, werfen sich zu Boden, schleudern sich in die Höhe, schlagen die gierigen Zähne dem andern in das schwarze Fleisch. Und ich fühle, daß ich mit hinein muß in diesen Teufelstanz rasender Menschen. Eine wahnsinnige Lust jauchzt durch den Saal, ein blutgieriger Liebestaumel, der über alles Irdische hinauswächst. Längst singen sie nicht mehr, aus ihren Konvulsionen und Delirien schallt nur der gräßliche Teufelsschrei: »Aa-bo-bo!«

Ich sehe Männer und Weiber sich ineinander beißen, in allen Stellungen und Lagen nehmen sie einander. Blutrünstig schlagen sie die Nägel ins Fleisch und reißen sich tiefe Kratzwunden. Und das Blut trübt ihre Sinne, ich sehe Männer auf Männer, Weiber auf Weiber kriechen. Da wälzen sich fünf in einem schwarzen Knäuel ineinander, da steigt einer, wie ein Hund, über den Schlangenkorb. Ihre rasende Wollust kennt keine Geschlechter mehr, unterscheidet nicht einmal mehr lebende Wesen und tote Gegenstände.

Zwei Negerdirnen stürzen auf mich zu, zerren an meinen Kleidern. Und ich greife sie an den Brüsten, reiße zu Boden. Wälze mich herum,

heule, beiße — tue wie alle andern. Ich sehe wie Adelaide ohne Wahl einen Mann nach dem andern nimmt, aber auch Weiber, immer andere, immer neue, unersättlich in dieser teuflischen Wollust. Sie springt auf mich zu, nackt, nackt, rotes Blut sickert von ihren Armen und Brüsten. Nur die blaue Priesterbinde schmückt noch die Stirne, wie schwarze Nattern kriechen die dikken Haarlocken darunter. Sie reißt mich zu Boden, nimmt mich mit Gewalt, springt wieder auf und stößt mir ein anderes Weib in die Arme. Und sie taumelt fort, umfangend und umfangen, immer von andern schwarzen Armen —
Und, ohne Widerstand nun, werfe ich mich in den wildesten Taumel, in die unerhörtesten Umarmungen, springe, rase und schreie, wilder und wahnsinniger als einer, das entsetzliche: »Aa-bo-bo!«

Ich fand mich draußen auf dem Tanzplatze liegen, in einem Haufen schwarzer Weiber und Männer. Die Sonne war schon aufgegangen, ringsum lagen schlafend, im Traume stöhnend und zuckend, die schwarzen Körper. Mit einer ungeheuren Willensanstrengung stand ich auf;

mein Anzug hing mir in blutigen Fetzen vom Leibe. Ich sah Adelaide in der Nähe liegen, blutrünstig von oben bis unten. Ich nahm sie auf, trug sie zu meinem Pferde. Woher ich die Kraft nahm, weiß ich nicht; doch gelang es, ich hob sie aufs Pferd und ritt nach Hause, die Ohnmächtige in meinen Armen vor mir im Sattel. Ich ließ sie zu Bett bringen und ging selbst zu Bett —
Ich höre sie wieder wimmern, ich will hingehen, ihr ein Glas Lemonade bringen.

7. März 1907.

Nun sind Monate vergangen. Als ich diese letzten Seiten durchlese, kommt es mir vor, als habe ein anderer, nicht ich, das alles erlebt. So fern ist es mir, und so fremd. Und erst, wenn ich mit Adelaide zusammen bin, muß ich mich zwingen, daran zu glauben, daß sie dabei war. Sie, eine Mamaloi — sie, dieses zärtliche, hingebende, glückliche Geschöpfchen? Nur einen Gedanken hat sie: ihr Kindchen. Wird es auch wirklich ein Junge werden? Ganz und ganz gewiß ein Junge? Hundertmal fragt sie das. Und ist jedesmal selig, wenn ich ihr sage, daß es ganz bestimmt ein Junge sein würde. Es ist zu komisch; dieses

Kind, das noch gar nicht da ist, nimmt einen großen Platz in meinen Gedanken ein. Schon haben wir seinen Namen ausgemacht, schon liegt all die kleine Wäsche für es bereit. Und ich bin beinahe so besorgt um das Würmchen wie Adelaide selbst.

Übrigens habe ich neue hervorragende Eigenschaften in ihr entdeckt. Sie ist jetzt mit vollem Gehalt angestellter Abteilungschef in meinem Geschäft und bewährt sich ausgezeichnet. Ich habe nämlich eine neue Branche eingeführt, die mir ungeheuren Spaß macht. Ich fabriziere ein Wunderwasser, das für alle möglichen Sachen gut ist. Die Herstellung ist sehr einfach: Regenwasser, das mit ein wenig Tomatensaft rosa gefärbt ist. Das wird in kleine bauchige Fläschchen gefüllt, die ich gleich etikettiert aus New York beziehe. Die Etikette ist nach meinen Angaben ausgeführt, sie zeigt die blutige Axt Cimbi-Kitas und dazu die Inschrift: Eau de Dom Pèdre. Das Fläschchen kostet mich drei Cent das Stück und ich verkaufe es zu einem Dollar. Dabei ist der Absatz ein glänzender, die Nigger reißen sich darum; seit letzter Woche versende ich auch ins Innere. Übrigens sind die Käufer sehr zufrieden, sie behaupten, daß das

Wunderwasser in der Tat außerordentliche Erfolge bei allen möglichen Krankheiten erziele. Wenn sie schreiben könnten, würde ich schon eine Menge von Dankschreiben haben. Adelaide ist natürlich auch von der Heilkraft überzeugt, sie handelt mit wahrem Feuereifer. Ihr Gehalt und ihre Prozente — sie bekommt auch Prozente vom Verkauf — überbringt sie mir stets, daß ich sie für »ihren Jungen« aufbewahren soll. Sie ist wirklich entzückend, dieses schwarze Kind; ich glaube beinahe, ich bin ganz verliebt in sie.

26. August 1907.

Adelaide ist außer sich vor Glück: sie hat ihren Jungen. Aber das ist noch nicht alles, der Junge ist weiß, und darüber kennt ihr Stolz keine Grenzen. Alle Negerkinder kommen bekanntlich nicht schwarz, sondern wie die Kinder der Weißen, ziemlich krebsrot zur Welt. — Aber wie diese weiß, so werden die Negerkindlein sehr bald kohlrabenschwarz oder wenigstens braun in Mischfällen. Das wußte natürlich Adelaide, mit Tränen in den Augen wartete sie darauf, daß ihr Kindlein schwarz werden sollte. Sie ließ es nicht aus den Armen, nicht eine Sekunde lang, als könnte sie es so davor bewahren, seine Naturfarbe zu bekommen. Aber Stunde auf Stunde verging und ein Tag nach dem andern, und ihr Kind war weiß und blieb weiß, schneeweiß, wahrscheinlich weißer als ich. Wenn es nicht die kleinen schwarzen Krollhärchen hätte, sollte man nicht glauben, daß es Negerblut habe. Erst nach drei Wochen erlaubte mir Adelaide, es einmal auf den Arm zu nehmen. Ich habe nie im Leben ein Kind auf dem Arm gehabt, es war ein komisches Gefühl, wie der kleine Kerl mich anlachte und mit den Ärmchen um sich schlug. Eine solche Kraft hat er schon in seinen Fingerchen, besonders in den Daumen — drei Gelenke hat er natürlich — wirklich ein prächtiger Bursche!

Es ist ein Vergnügen, die Mutter zu sehen, wenn sie im Laden hinter ihrer Theke steht, die roten Wunderfläschchen vor sich aufgebaut. Die kräftige schwarze Brust leuchtet aus der roten Taille heraus und der gesunde weiße Bengel trinkt aus Leibeskräften. Wahrhaftig, ich fühle mich wohl auf meine alten Tage und so jung wie nie zuvor. Ich habe aus Freude über den Geburtstag meines Sohnes meinem lieben Bruder eine tüchtige Extrasendung geschickt; ich kann mir's ja leisten, es bleibt doch mehr wie genug für den Jungen.

4. September.

Ich hatte mir das Wort gegeben, daß ich nichts mehr mit den Vaudouxleuten zu tun haben wollte — es sei denn wegen meines Wunderwasserbetriebes. Nun habe ich mich doch noch einmal mit der Bande befassen müssen, freilich diesmal nicht in teilnehmender, sondern in angreifender Form. Gestern kam heulend das alte Huzzelweibchen zu mir, die Phylloxera, die im Garten jätet. Ihr Urenkel sei verschwunden. Ich tröstete sie, er sei wohl in den Wald gelaufen. Das habe sie auch erst geglaubt, sie habe tagelang nachgeforscht und nun wisse sie: die Bidangos hätten ihn gefaßt. Nun würde er festgehalten in einer Hütte vor dem Dorfe, und nächste Woche solle er geopfert werden zu Ehren Cimbi-Kitas, Azilits und Dom Pèdres. Ich versprach ihr meine Hilfe und machte mich auf den Weg. Vor der Strohhütte kam mir ein schwarzer Kerl entgegen, ich erkannte ihn, es war der Vortänzer der Teufelspriester. Ich stieß ihn zur Seite und drang in den Raum. Da fand ich den Jungen, er kauerte in einer großen

Kiste, festgebunden an Händen und Füßen. Große Stücke von Maisbrot, das mit Rum getränkt war, lagen neben ihm, mit blöden, tierischen Augen starrte er mich an. Ich schnitt ihn los und nahm ihn mit, der Priester wagte nicht die kleinste Einwendung. Ich ließ den Jungen gleich an den Hapagdampfer bringen, der heute abend abfährt; dem Kapitän gab ich ein Schreiben an einen Geschäftsfreund in St. Thomas mit, der soll sich des Jungen annehmen. So ist er in Sicherheit; wäre er hier geblieben, so wäre er doch über kurz oder lang dem Schlachtmesser verfallen: die Vaudouxleute lassen so leicht keinen aus, dem einmal der Todesstoß bestimmt ist. Das alte Mütterchen schluchzte vor Freude, als sie ihr einziges Glück — das übrigens eine ganz niederträchtige Range ist — sicher an Bord wußte. Nun braucht sie nichts mehr zu fürchten; wenn er wiederkommt, ist er längst ein Mann, der selbst schlachten kann.

Übrigens bin ich auch froh über meine Tat. Es ist eine Art Rache für die Mulattenrangen, die von meinem Hofe verschwunden sind. Das Huzzelweibchen hat mir's gesagt: sie sind denselben Weg gegangen, den ihr Urenkel gehen sollte.

10. September.

Seit langen Monaten habe ich zum erstenmal wieder einen Zwist mit Adelaide gehabt. Sie hatte erfahren, daß ich Phylloxeras Urenkel gerettet hatte und stellte mich deshalb zur Rede. Die Priester Cimbi-Kitas hätten das Kind zum Tode bestimmt, wie hätte ich wagen können, es ihrer Hand zu entreißen?

In all der Zeit hatten wir kein Wort mehr über diese Sachen gesprochen, seit dem Tage, als sie, kurz nach der Opferfeier, mir aus freien Stücken erklärt hatte, daß sie ihrer Würde als Mamaloi entsagt habe. Sie könne nicht mehr Priesterin sein, sagte sie, weil sie mich zu sehr liebe. Ich hatte damals gelacht, aber es war mir doch lieb gewesen.

Nun fing sie wieder mit diesem gräßlichen Aberglauben an. Ich versuchte zuerst, sie zu widerlegen, schwieg aber bald, da ich sah, daß ich ihr nicht einen Glauben entreißen konnte, den sie mit der Muttermilch eingesogen hatte. Außerdem bemerkte ich wohl, daß ihre Vorwürfe nur aus ihrer Liebe zu mir, aus ihrer großen Angst um mich herauswuchsen. Sie weinte und schluchzte, ich konnte sie durch nichts beruhigen.

15. September.

Adelaide ist unerträglich. Überall sieht sie Gespenster. Sie bleibt dicht an meiner Seite, wie ein Hund, der mich beschützen will. Das ist zwar sehr rührend, aber auch arg lästig, zumal der Junge, den sie nicht aus den Armen gibt, eine ungeheuer kräftige Stimme hat. Alles, was ich esse, bereitet sie selbst, damit nicht zufrieden, kostet sie erst jede Speise, ehe sie mir erlaubt, sie zu berühren. Nun weiß ich zwar, daß die Nigger große Giftmischer sind, die sich famos auf die Botanik verstehen, aber ich glaube nicht, daß einer es wagen würde, bei mir seine Kenntnisse zu versuchen. Ich lache also Adelaide aus — aber mir ist nicht recht wohl dabei.

24. September.

Also die »Seele« haben sie mir schon genommen! Ich weiß das von Phylloxera, das alte Weib ist nicht weniger aufgeregt und besorgt um mich als Adelaide. Sie kam heute zu mir, um mich zu warnen. Ich wollte Adelaide aus dem Zimmer schicken, aber sie bestand darauf, zuhören zu dürfen. Die Priester haben demnach das Gerücht ausgestreut, daß ich Cimbi-Kita, dem ich geschworen, verraten habe; ich sei ein

Loup-Garou, ein Werwolf, der den Kindern im Schlafe das Blut aussauge. Darauf haben einige der Djions mir »die Seele geraubt«, indem sie aus Ton ein Bildchen von mir formten und im Tempel aufhingen. Das ist ja an und für sich ein ganz harmloses Verfahren, aber es hat eine sehr unangenehme Seite: nun bin ich ein Mensch »ohne Seele«, und den darf jeder umbringen. Ja, er tut sogar ein gutes Werk damit.

Trotzdem lege ich der Geschichte keine übertriebene Bedeutung bei und denke nicht daran, die Befürchtungen der Weiber zu teilen. Solange meine Bluthunde vor meiner Türe und meine Brownings neben meinem Bette liegen, solange Adelaide mein Essen bereitet, fürchte ich die schwarzen Kerle gewiß nicht.

»Seit Menschengedenken hat es kein Nigger gewagt, sich an einem Weißen zu vergreifen!« tröstete ich Adelaide.

Aber sie antwortete: »Sie betrachten dich nicht mehr als Weißen! Sie nehmen dich als einen der Ihren, seit du Cimbi-Kita geschworen hast.«

2. Oktober.

Die arme Frau tut mir so leid. Wie mein Schatten folgt sie mir, nicht eine Sekunde läßt sie

mich aus dem Auge. Sie schlummert kaum mehr in der Nacht, sitzt an meinem Bett auf dem Sessel und bewacht meinen Schlaf.
Sie weint nicht mehr, still, schweigsam geht sie neben mir, es ist, als ob sie mit irgendeinem großen Entschluß ringe.
Wie wäre es, wenn ich nun doch mein Geschäft hier aufgeben würde? Nach Deutschland mag ich nicht gehen, nicht weil ich fürchtete, wieder mit den dummen Gesetzen in Konflikt zu kommen — ich kümmere mich ja längst nicht mehr um andere Weiber, seit ich Adelaide und den Jungen habe. Aber ich kann doch unmöglich eine Schwarze als meine Frau hinüberbringen.
Ich könnte mich nach St. Thomas zurückziehen. Adelaide würde sich gewiß dort wohl fühlen. Ich würde mir eine schöne Villa bauen und irgendein neues Geschäft anfangen — eine Arbeit muß ich haben. Wenn ich nur meinen Kram hier zu halbwegs günstigen Bedingungen losschlagen könnte.
Ich schreibe in meinem Arbeitszimmer, das wie eine Festung aussieht. Adelaide ist nämlich ausgegangen; sie hat mir nicht gesagt, wohin, aber ich bin überzeugt, daß sie mit den Vaudouxleuten parlamentieren will. Die drei Hunde lie-

gen im Zimmer vor der verschlossenen Türe, meine Revolver vor mir auf dem Schreibtisch. Es ist geradezu lächerlich — als ob ein Nigger es wagen würde, bei hellem Tage mir auch nur ein Härchen zu krümmen! Aber ich mußte mich den Wünschen Adelaides fügen. Sie ist allein fort, der Junge liegt neben mir auf dem Diwan und schläft. Hoffentlich bringt sie gute Nachricht zurück.

30. Oktober.

Ich glaube, Adelaide ist verrückt geworden. Sie schrie und hieb gegen die Türe; ich konnte nicht rasch genug hinlaufen, um zu öffnen. Sie stürzte sofort zu ihrem Jungen, faßte ihn und erdrückte ihn beinahe mit ihren Liebkosungen. Der kleine Kerl fing jämmerlich an zu heulen. Aber sie ließ ihn nicht los, küßte ihn, umarmte ihn, ich fürchtete, sie möchte ihn ersticken mit ihren Küssen.

Ihr Wesen ist ganz erschreckend. Sie sagte kein Wort, aber augenscheinlich hat sie Erfolg gehabt. Sie kostet nicht mehr von meinen Speisen, ihre Angst um mich scheint verschwunden. Und das bedeutet ganz sicher, daß jede Gefahr gehoben ist. Aber sie folgt mir nach wie vor wie ein Hündchen. Beim Nachtmahle saß sie schweigend neben mir, ohne einen Bissen zu berühren; aber nicht eine Sekunde ließ sie die Augen von mir.

Irgend etwas Schreckliches scheint in ihr vorzugehen, aber sie spricht nicht, kein kleines Wort vermag ich aus ihr herauszubringen. Ich will sie nicht quälen, ich sehe ja, wie das arme Weib sich in Liebe zu mir verzehrt.

Ich werde alle Schritte tun, um so bald wie möglich von hier fortzukommen. Ich habe schon mit dem Hamburg-Amerika-Agenten gesprochen. Er ist im Prinzip nicht abgeneigt, aber er will kaum den vierten Teil von dem geben, was die Sache wert ist, und auch das nur auf Abzahlungen. Und doch werde ich darauf eingehen, ich habe ja längst mein Schäfchen im Trocknen und kann schließlich auch einmal ein Geschäft mit Verlust machen. Herrgott, wird sich Adelaide freuen, wenn ich ihr das sagen werde. Ich will sie dann auch heiraten, des Jungen wegen; sie hat es wirklich um mich verdient. Erst wenn alles fix und fertig ist, werde ich ihr die Mitteilung machen: »So, Kind, nun kannst du packen —« Sie wird ja rasend werden vor Freude!

11. November.

Meine Verhandlungen nehmen einen guten Verlauf; nun ist auch das Kabelgramm der deutschen Bank eingetroffen, daß sie meinem künftigen Nachfolger die nötige Barsumme vorstrecken wird. Damit ist die Hauptschwierigkeit gelöst, über die Einzelheiten kommen wir rasch weg, da ich ja das Entgegenkommen selbst bin. Der Kerl merkt das und nennt mich stets recht ostentativ »seinen Freund und Wohltäter«; na, ich nehm's ihm nicht übel, daß er über ein so fabelhaftes Geschäft seine Freude nicht verheimlichen kann.

Ich muß mir ordentlich Mühe geben, mein Geheimnis vor Adelaide zu verbergen. Ihr Zustand wird immer bedenklicher. Nun, diese Woche wird sie es schon noch aushalten, und dann ist ihre Freude um so größer. Sie war noch ein paarmal bei ihren Vaudouxleuten, jedesmal kehrte sie in einem entsetzlichen Zustande zurück. Ich verstehe nichts davon, es scheint doch jede Gefahr vorüber zu sein. Alle Türen bleiben nachts wie früher offen, und selbst das Kochen überläßt sie den Mädchen. Was hat sie also?

Sie spricht kaum ein Wort mehr. Aber ihre Liebe zu mir und dem Jungen wird mit jedem

Tag größer, wächst schier ins Ungemessene. Diese Liebe hat etwas Unheimliches, das mir fast den Atem benimmt. Wenn ich den Jungen auf das Knie nehme und mit ihm spiele, schreit sie auf, stürzt aus dem Zimmer, wirft sich auf ihr Bett und weint und schluchzt zum Herzbrechen.
Gewiß ist sie krank und steckt mich an mit ihrer seltsamen Krankheit. Ich werde den Augenblick segnen, in dem wir dieses Unglücksnest verlassen können.

15. November.

Heute morgen war sie ganz aus dem Häuschen. Sie wollte eine kleine Besorgung machen und ihr Kind mitnehmen. Zu diesem Zwecke nahm sie einen Abschied von mir, der nichts Natürliches mehr hatte. Ihre Augen sind längst von dem vielen Weinen rot und entzündet, aber heute morgen stürzten ganze Wasserfälle heraus. Sie konnte sich nicht losreißen aus meinen Armen, immer wieder hielt sie mir den Jungen zum Küssen hin. — Ich war ganz erschüttert von dieser Szene. Gott sei Dank kam bald darauf der Hapagagent, um mir die Verträge zur Unterschrift zu bringen. Nun stehen die Namen

drauf, und der Scheck auf die Bank ist in meiner Hand. Dies Haus gehört nicht mehr mir; ich bat den Käufer, mich noch einige Tage hier wohnen zu lassen. »Ein halbes Jahr, wenn Sie wollen!« sagte er. Aber ich verspreche ihm, daß ich kaum eine Woche mehr bleiben werde. Am Samstag geht der Dampfer nach St. Thomas, da muß alles gepackt sein.
Jetzt werde ich Blumen auf den Tisch stellen: wenn Adelaide zurückkommt, soll sie die Freudenbotschaft hören!

Abends 5 Uhr.

Das ist furchtbar. Adelaide kam nicht, kam nicht. Sie kam nicht. Ich lief in die Stadt, niemand hatte sie gesehen. Ich ging wieder nach Hause, sie war nicht zurück. Im Garten suchte ich nach dem Huzzelweibchen; es war nicht da. Ich lief hinaus zu ihrer Hütte — da fand ich sie — an den Pfeiler gebunden. »Endlich kommen Sie, endlich! Eilen Sie, ehe es zu spät ist!« Ich schnitt sie los, es kostete Mühe, aus der verstörten Frau Vernünftiges herauszubringen. »Sie ist zum Honfoû, die Mamaloi«, stotterte die Alte. »Zum Honfoû mit ihrem Kinde. Man hat mich gebunden, daß ich Ihnen nicht Bescheid sagen könne.« Ich lief wieder nach Hause, meine Pistolen zu holen. Ich schreibe das, während man mein Pferd sattelt — Herrgott, was mag —

16. November.

Ich ritt durch den Wald.

Ich glaube nicht, daß ich an etwas dachte. Nur daran: du mußt noch zur Zeit ankommen, du mußt noch zur Zeit ankommen.

Die Sonne war schon herunter, als ich über die Lichtung ritt. Zwei Kerle fielen mir in die Zügel, ich hieb ihnen die Peitsche durchs Gesicht. Ich sprang ab, warf die Zügel über den Erdbeerbaum. Dann drang ich in den Honfoû, stieß rechts und links die Menschen zurück.

Ich weiß, daß ich schrie. Da stand im roten Scheine die Mamaloi auf dem Korbe, die Schlange wand sich über die blaue Binde. Und hoch ausgestreckt hielt sie am Halse mein Kind. Mein Kind und ihr Kind. Und würgte es, würgte es, würgte es.

Ich weiß, daß ich schrie. Ich riß die Brownings aus der Tasche und schoß. Zwei Schüsse, ins Gesicht einen, den andern in die Brust. Sie stürzte herab vom Korbe. Ich sprang hin und hob das Kind auf; ich sah gleich, daß es tot war.

Und war noch so warm, so glühend warm.
Nach allen Seiten schoß ich hinein in die schwarzen Leiber. Das drängte und stob auseinander, das heulte, bellte und schrie. Ich riß die Fackeln von den Balken und warf sie in die Strohwände. Wie Zunder flammte es auf.
Ich stieg zu Pferde und ritt nach Hause, brachte mein totes Kind heim. Gerettet habe ich mein Kind: nicht vor dem Tode, aber doch vor den Zähnen der schwarzen Teufel.
Auf meinem Schreibtische fand ich diesen Brief — ich weiß nicht, wie er dahin kam.

»Herrn F. X.
Du hast Cimbi-Kita verraten und sie wollten Dich töten. Doch wollen sie es nicht tun, wenn ich mein Kind opfere. Ich liebe es so, aber ich liebe Dich noch mehr. Darum will ich tun, was Cimbi-Kita verlangt. Ich weiß, daß Du mich wegjagen wirst, wenn Du hörst, was ich getan habe. Darum werde ich Gift nehmen und du wirst mich nicht mehr sehen. Aber Du wirst wissen, wie sehr ich Dich liebe. Denn nun bist Du ja ganz gerettet.

Ich liebe Dich sehr.
Adelaide.«

Nun liegt mein Leben in Stücken da. — Was soll ich tun? Nichts weiß ich mehr. Ich werde diese Blätter in ein Kuvert geben und absenden. Das ist noch eine Arbeit.
Und dann?

Ich beantwortete den Brief sofort. Mein Schreiben trug die Unteradresse des Hapagagenten und den Vermerk: »Ev. bitte nachsenden.« Ich erhielt es zurück mit dem andern Vermerk: »Adressat tot.«

DIE 6-MARK-BÜCHER

JOACHIM FERNAU

Brötchenarbeit

224 Seiten · Leinen

Fernaus »Seitensprünge«, amüsant und selten wie echte Seitensprünge, sind literarische Seitensprünge. Hier wird noch einmal das geistreiche spritzige Feuilleton gepflegt, das heute so selten geworden ist, weil es kaum noch jemanden gibt, der diese Form beherrscht und diese Fülle von skurrilen Gedanken hat.

KAREL ČAPEK

Das Jahr des Gärtners

Aus dem Tschechischen von Julius Mader
224 Seiten mit 60 Zeichnungen von
Josef Čapek.

Čapek ist Humorist und Dichter und ein großer Gärtner obendrein. Das ergibt eins der schönsten Gärtnerbücher, die uns je begegnet sind. Wer noch nie »gegärtnert« hat, empfindet nach solcher Lektüre Sehnsucht, es sogleich zu tun.

F. A. HERBIG
VERLAGSBUCHHANDLUNG